女難の二人

隠密廻り裏御用

喜安　幸夫

学研M文庫

本書は文庫のために書き下ろされた作品です。

目次

一　神隠し

一

枡形《ますがた》に組まれた石垣の間を抜け、濠《ほり》に架かる橋に一歩踏み入るなり、

「おぉう、これは！」

と、氷室玄史郎《ひむろげんしろう》はほこり除《よ》けにかぶった塗笠《ぬりがさ》を手で押さえた。もう一方の手は口と鼻を覆っている。

まわりの武士と違って袴《はかま》はつけず、着流しに黒い羽織の裾《すそ》も舞い上がるように乱れている。若い女の着物が風に乱れたのなら色っぽさもあろうが、男ではうっとうしいだけだ。ただ、敏捷《びんしょう》そうな細身の筋肉質で、精悍《せいかん》な印象を他人《ひと》に与えておれば、四十路《よそじ》の年行《としゆ》きを重ねていても一幅の絵にはなろうか。

時代《とき》はのちの世に〝江戸文化の爛熟期〟と称される、文化文政期の余韻を引いた天保《てんぽう》時代に入ったばかりのころである。

春嵐《はるあらし》の吹きつける橋の上で、

「氷室さん！　玄史郎どの、待ってくれ！」

背後から呼びとめる声が、濠の水が騒ぐ音に混じった。

ふり返ると、おなじ着流しに黒羽織で、屋敷が近く年行《とし》きはいくらか多く重ねた、というよりも姉千鶴《ちず》の夫である長身の小谷健一郎《こたにけんいちろう》だった。この風の中に追いかけて来るなど、なにやら人前《ひとまえ》では話せなかったものがあるようだ。

玄史郎がいましがた抜け、小谷健一郎が駈け出てきた桝形の石垣門は、江戸城外濠《そとぼり》の数寄屋橋《すきやばし》御門である。

町場から数寄屋橋御門を入り、桝形の石垣を抜けると、広場に面した重厚な門構えの屋敷がすぐ目の前に見える。

南町奉行所だ。

その数寄屋橋御門の橋で着流しに黒羽織といえば、当然二人とも南町奉行所の同心ということになる。その二人が奉行所内で話せなかったこととは……、小谷健一郎は同心では町場に最も縁の深い定町廻《じょうまちまわ》りで、氷室玄史郎はちょいと特殊な隠密《おんみつ》廻り同心なのだ。

「おぉう、これは小谷さん。さきほどはご苦労さんでした。ともかく町場に入りましょう」

「そうしましょう。おぉう、吹きますなあ」

健一郎も裾を乱し袖《そで》で顔を覆い、玄史郎と横ならびに対岸の町場へ歩をそろえた。

数寄屋橋御門や北町奉行所のある呉服橋《ごふくばし》御門は、江戸城の東手に位置し、御門を出て一丁（およそ百米《メートル》）も進めば東海道が南北に走り、江戸の町場の中心をなす京橋や日本橋はすぐ近くだ。だから江戸城のこの東手一帯は外濠にまで町家がひしめくように迫り、きわめて繁華だ。

その一角に入った。

「こりゃあたまらん」

と、町並みも風除けにはならなかった。橋の上は吹きさらしでことさら風を強く感じたが、町なかでもさほど変わらず、しかも土ぼこりが舞い上がっている。往還《おうかん》の両脇に軒《のき》をつらねる商舗《みせ》も暖簾《のれん》や日除けの簀《よしず》はしまい込み、雨戸を半分閉めているところもある。

二人はそれら町の中を東海道まで出て、

「おう、そこにしよう」

と、街道に多い茶屋の一軒に駈け込んだ。

普段なら往還にまで縁台を出しているが、さすがにきょうは雨戸までは閉めていないものの、軒端《のきば》の暖簾や〃お休み処〃と記《しる》した幟《のぼり》もしまい込み、一見休んでいるようにも見える。

洒落《しやれ》た腰高障子の戸を開け、入るとすぐに閉めた。

「いらっしゃいませ」

と、茶汲み女たちの黄色い声は普段と変わりないが、やはり屋内もほこりっぽい。いかに江戸っ子でもこんな日にゆっくりお茶を楽しもうかという酔狂な者はいないのか、客はいない。それでも茶汲み女たちは着流しに黒羽織には気を利かせ、

「あのう、奥の部屋も空いておりますが」

手で奥への廊下を示した。

「おう、すまんなあ。借りるぞ」

と、小谷健一郎のほうが先に立って廊下に入った。

やはり、奉行所の中ではできなかった話があるようだ。

襖《ふすま》を開けると茶室風の小ぢんまりとした部屋で、大きな丸い明かり取りの障《しよう》

子窓《じまど》もなかなか洒落ている。さすがは京橋に近い茶屋だ。畳《たたみ》も雑巾がけをしているのか、ほこりっぽくはなかった。だが、丸い障子窓が外からの風に音を立て、いくらか吹き込んでいるのが感じられる。

胡坐《あぐら》居《い》で向かい合わせに腰を下ろすと、

「さあ、承《たまわ》りましょうか。この風の中を数寄屋橋まで追いかけておいでとは、同心溜《だま》りでは話せなかったことがあったのでしょう。さきほどの顔つきから気がついておりましたよ」

「いやあ、さすがは氷室玄史郎どの。恐れ入る。実は……」

と、健一郎は声を落とし、話しはじめた。

ここ半年ほどのことだ。

頻発していた。

「――找《さが》し、找してくだされ！　娘が、娘が五日も帰りませぬのじゃ！」

「――なに！　拐《かどわ》かしか」

自身番に駆け込む商家のあるじがいて、通報を受けた奉行所から定町廻りの同心が翌日、その町に岡っ引や捕方《とりかた》を引き連れ駆けつけると、

「――お騒がせいたしました。申しわけありません。実はきのう夕刻、一人で

戻ってまいりましたので」

と、すでに落着していた。同心は不審に思い訴え出た者を詮議《せんぎ》してみたが、その者はただ〝申しわけない〟の一点張りで、なにも語ろうとしない。

それが六月《むつき》前のことで、商家の場所は四ツ谷《よつや》だった。

さらにその翌月、似たような事件が発生した。そのとき自身番は奉行所よりも土地の岡っ引に依頼し、あちこち聞き込みを入れたが目串《めぐし》を刺せないまま、娘は八日目にひょっこりと一人で帰ってきた。

またその翌月と翌々月にも訴えがあり、結句は前の二件とおなじだった。数日後にひょっこりと戻ってきて、めでたくかどうかは分からないが幕切れとなった。

さらに先月、年末と年始にかけてまた一件、同心と土地の岡っ引が探索したが、これも十日と経ないうちに帰ってきた。

さらにまた訴えのあったのが、きょうの春嵐が吹く十日ほど前、これも五日ほどで娘は一人で帰って来た。

こうして北町奉行所と南町奉行所を合わせ、訴えのあったものだけで六件に及んだ。こうなれば当然、

「――ほかにも似たようなことが……。ただ、訴え出る前に娘が帰って来たり……あるいは、狂言か」

誰しもが思う。

だが、それは調べようがない。

また、頻発したにもかかわらず、かわら版の種《ねた》にもならず、噂《うわさ》にもならなかったのは、発生した場所が最初の四ツ谷を皮切りに、深川《ふかがわ》、本郷《ほんごう》、小石川《こいしかわ》、はては高輪《たかなわ》に千住《せんじゅ》と、てんでばらばらで広範囲にわたり、事件というか騒ぎを知っているのは町内でも隣近所の、探索に合力《ごうりき》した者たちだけに限られていたからであろう。

奉行所の中では当然、

「――駈け落ちがばれて、親に連れ戻されたのでは」

「――とんだ色《いろ》っ早《ぱや》い不見転娘《みずてんむすめ》で、単に遊び歩いていたのでは」

同心や岡っ引たちは言いはじめ、

「――この忙しいのに」

と、業腹《ごうはら》を煮やすのは自然のことであろう。

定町廻り同心は事件の解決や法度《はっと》破りの不逞者《ふていもの》を取り締まるだけが役務では

ない。町々の苦情や要望の聞き届けと対処、土地や財産問題の訴えの処理などと多岐にわたっている。すなわち、

「――こんな与太話《よたばなし》にかかわってはおられない」

のだ。

ところがきょう午前、隠密廻り同心の氷室玄史郎は、お奉行の筒井《つつい》政憲《まさのり》に呼ばれた。

定町廻り同心は各与力《よりき》の下に数人ずつ配置され、事件の探索も定期の町廻りも与力の下知《げじ》によって動くが、隠密廻り同心は奉行直属である。

だから役務といえば、事件に旗本や大名家がからみ、町奉行所がおもて立って手をつけにくいものや、柳営《りゆうえい》（幕府）のご政道にかかわり、町場に知られては具合の悪い事件などの探索で、捕方を率いて派手に打ち込む捕物出役《とりものしゆつやく》に立つこともなかった。

それだけにまた、なにくわぬ顔で市井《しせい》に潜り込み、武士はもちろん町人に化けても疑われぬ技量を要し、時には頭を剃《そ》って僧にもなり、数日海岸で皮膚を焼き漁師になることもあった。いつどこで襲われ、あるいは秘かに始末をつけねばならなくなるか、過酷な役務でもあった。当然ながら、隠密廻りを拝命す

るには、同心として相応の年季を積んでいなければならない。

十歳のころ母に死に別れ、前髪を落とした十五歳のときに、隠密廻り同心であった父玄右衛門《げんえもん》が高禄旗本のお家騒動に巻き込まれて命を落とし、やむなく家督と同心株とを継ぎ、髷《まげ》を小銀杏《こいちょう》に結い、初めて南町奉行所へ無役の見習い同心として出仕した日のことであった。

八丁堀の組屋敷を出るときから足が震え、

「――玄史郎、そんなことで父上の跡が継げますか！」

と、姉の千鶴に背中を強く押されたものだった。

さらに数寄屋橋御門を入り、南町奉行所の正面門が見えたとき、ほんとうに足が竦《すく》んだ。

「――それでも男ですか‼」

と、千鶴はまた強く玄史郎の背を叩いた。そのときの千鶴の手は、握りこぶしだった。

千鶴の数寄屋橋御門までの付添いは一月《ひとつき》ほどつづいたろうか。さすがに玄史郎の懇願で姉の見送りは組屋敷の冠木門《かぶきもん》どまりとなったものの、組屋敷では、

「――あなたがこの氷室家のあるじなのですぞ」

と、叱咤するのが千鶴の口癖《くちぐせ》になっていた。

その姉が親戚の勧めでおなじ同心の小谷家の長男健一郎に嫁ぎ、氷室家の屋敷は年行きを重ねた下働きの老夫婦との三人となったとき、ホッとしたものだった。

だが、嫁いでも屋敷はおなじ八丁堀の組屋敷であり、すぐ近くだった。毎日のように千鶴は玄史郎の生活ぶりを見に来た。それがいまでも毎日ではないがつづいているのだ。玄史郎はすでに無役から物書《ものかき》同心の役務を与えられ、さらに定町廻り同心となって探索に数々の手柄を立て、盗賊との修羅場も幾度かくぐり、公事《くじ》（訴訟）もそつなく処理し、与力の推挙があって父玄右衛門とおなじ隠密廻り同心になってからすでに五年の歳月を経ている。

玄史郎が義兄の小谷健一郎とお茶でも飲もうかと小谷屋敷の冠木門をくぐると、帰るまで姉千鶴がつきまとって日々の生活《たつき》のようすを訊き、健一郎が氷室屋敷に来たときは、かならず千鶴もついて来るのだった。四十路《よそじ》になってもまだ独り身《ひとみ》とあっては、それも仕方がないのかもしれない。

そうした事情もあり、いま春嵐の日に街道の京橋近くの茶屋の座敷で小谷健一郎と向かい合っているのは、貴重なものであった。しかも話は、きょう奉行から下知《げじ》された役向きに関することである。

この日、出仕するなり奉行の部屋に呼ばれ、与力同席のもとに下知されたのは、まさしく頻発していた〝拐《かど》かし〟もどきの一件だった。

「──背景を精査し、報告せよ」

「──はーっ」

と、玄史郎は拝命したものの、内心首をかしげた。同心溜りで定町廻り同心の話すのを聞いていたからだ。

拝命のあと、同心溜りに戻り、〝拐かし〟もどきに関わった同心たちから、一応の概略を聞こうとしたが、返ってくるのはすでに耳にしている〝色っ早い不見転娘〟の危険な遊びだの〝駈け落ち〟の失敗の域を出なかった。

「──だから親も娘も、なにも話したがらないのでござるよ」

と、感想を述べる者もいた。

もちろん隠密廻りとあっては、その洗いなおしを奉行から下知されたと話すわけにはいかない。さりげなく訊く玄史郎に、

「──天下泰平ですかな。隠密廻りは暇そうですなあ」

と、皮肉られるありさまだった。

落ちない)

だが玄史郎は、

(なれど、頻発するのはおかしい。場所がいずれも異なるのが、かえって腑に落ちない)

勘を働かせていた。

場所が異なるのは意図的で、

(根は一つではないのか)

思いもしている。

(ならばいったい……)

雲をつかむような話だ。

しかし、わざわざ奉行が下知したのは、

(お奉行や与力どのも、俺とおなじことを思われたからに相違ない)

玄史郎には内心、奮い立つものがあった。

そのとき、同心溜りには、小谷健一郎もいた。最初に〝事件〟が発生した四ツ谷に駈けつけ、担当したのが健一郎だったのだ。だが、同心溜りでは、

「——五日目の夕刻に戻って来ましてなあ。それで一件落着でしたわい」

と、言っただけで、他の同心たちと一緒に笑っていた。

しかし、健一郎がなにやら言いたそうな表情だったのを、玄史郎は見逃していなかった。それに、奉行から拝命したとき同座していたのは、この健一郎の直属の与力だったのだ。

そこで同心溜りに戻ってから健一郎がなにかを言えば、

『おっ、小谷さん。さようなこと、われらにはなにも話していなかったではないか』

と、同輩から非難されることになろうか。

おそらく健一郎は直属の与力にのみ探索の結果を報告し、与力は奉行と吟味したうえで、きょうの玄史郎への下知となったのであろう。

茶屋の座敷で、茶汲み女が茶と茶菓子を運んできて話は一時中断したが、襖が外から閉められるとすぐまた再開した。

健一郎は言うのだった。

「玄史郎どのが同心溜りで、定廻りのわれらにわざわざ〝拐かし〟もどきの件を訊くものだから、すぐに分かりましたよ。お奉行からこの件について、なにか下知されたな……と」

「そのとおりです」

と、義兄の小谷健一郎になら、隠密廻りの役務内容を話せる。

健一郎はつづけた。

「なにしろ最初の訴えに四ツ谷へ駈けつけたこともあって、そのあとつぎつぎと起こった、似たようなというよりもそっくりな騒ぎに興味を持ちましてな、俺なりにちょいと聞き込みを入れてみたのさ。するといずれの騒ぎにも共通点がありましてなあ」

「ほう」

玄史郎は身を乗り出した。

ひときわ強く吹いた風に、丸い障子窓がまた音を立てた。

二

娘がふっといなくなったのは、四ツ谷だ深川だ本郷だと場所は離れ発生の日も異なってはいるが、いずれも逢魔時《おうまがどき》といわれる、あたりが暗くなりはじめる日の入り直後の時分だった。それも家が八百屋《やおや》や干物屋で店の手伝いをしている娘、それに通い奉公の長屋の娘、親が茶店をやっていてそこを手伝っている娘たちで、家の用事か自分の用事で外に出たときに消えている。共通点は、普段は出歩かず外出するにも女中がついているような大店《おおだな》の娘ではなく、常に人と気軽に接しており、道端で呼びとめられ立ち話をしても不思議ではない娘たちということになる。

「それにねえ、いずれも十五、六歳の娘だったよ」

健一郎は言う。

それらがすべて五日から十日ほどで戻ってきているのも、不思議な共通点といえる。そうなれば、親としては拐《かどわ》かされたと騒いだ以上、あらぬ噂を立てられないようにと口をつぐむのも理解できる。役人に仔細を訊かれるのも、迷惑なことととなろう。

「そこで被害者の一人ひとりをね、そっと面《つら》を確かめたのさ」

「ほう。年齢や環境以外に、顔にもなにか共通点がありましたか」

「あった」

健一郎は声を落とした。

「いずれも下膨《しもぶく》れの頬《ほお》で、愛くるしい印象を受ける娘たちだったよ。むろん六人とも派手さはなく、駈け落ちだの色っ早い不見転だのとは程遠く、立ち居ふる舞いからもそう感じられたねえ。ともかく六人が六人とも、下町の愛らしい娘たちだった。その顔のほうの共通点になにか引っかかるものを感じ、与力の永鳥政秀《ながとりまさひで》さまにだけ報告したのさ」

その報告が、奉行から氷室玄史郎への下知につながったのであろう。同座していた与力とは、永鳥政秀だったのだ。

「それからねえ」

と、健一郎はあらたまった口調になった。

「これはまだ探索中で、永鳥さまにも話していないことなんだが」

「ほう」

と、玄史郎はさらに身を乗り出した。奉行から直《じか》に拝命したものの、まだ雲をつかむような話のまま外に出たのは、同心溜りでのようすから義兄の小谷健一郎があとを追いかけてきてくれることを、心のどこかで期待していたのかもしれない。

「神田でねえ、さきの六人の娘たちの仲間入りをしても、おかしくない顔の娘を見かけてなあ」

「えっ。ならば下膨れの面で歳も十五、六？　どこの誰ですか」

「それはまだ分からない。調べは岡っ引の弥八《やはち》に任せてあってねえ。俺は公事《くじ》（裁判ごと）を三件ほど抱えていて、なかなか手がまわらずに困っていましたのさ。隠密廻りのそなたに、この件のお鉢がまわってきたのはもっけのさいわい。しばらく弥八を貸しましょう」

岡っ引は正規の奉行所の小者ではなく、同心がそれぞれ悪の道に通じた者を私的に雇っている探索方であり、目明《めあか》しと呼ばれるのも、探索に長《た》けているからである。

弥八はこれまでも健一郎の遣《つか》いで幾度か八丁堀の氷室屋敷を訪ねており、玄史郎はこの岡っ引を、

（なかなか小まわりの利くやつ）

と、みている。その弥八をしばらく自分につけてくれるという。岡っ引を持たない玄史郎にとっては、願ったり叶《かな》ったりだった。

「で、玄史郎どのはきょうこれからどちらへ。京橋の南知堂《なんちどう》ですか」

と、小谷健一郎はその名を知っていた。定町廻りでもときおりそこを使うことがあるのだ。

「そのつもりですが」

「ならばきょう弥八は〝拐かし〟もどきの件で、奉行所へ俺を訪ねて来ることになっているのだ。来ればすぐ南知堂へ行くように言っておきましょう」

「義兄《にい》さん、ほんとうにありがとうございます。実はこれから、その六人の娘を一人ひとり訪ねてみようかと思っていたのですよ。おかげで一足飛びに目串《めぐし》を刺すべき所を得たような思いです」

実際そうだった。

話を終え、二人が腰を上げようとしたころ、風はかなり収まっていた。それでも入ったときには拭き掃除が行きとどいていると思われた畳も、障子窓から吹き込んだか、かなり砂ぼこりをかぶったようだ。このあと、茶汲み女がすぐまた雑巾がけをすることだろう。

まだ陽は高く、風の収まるのとともに街道の人出も本来の多さに戻り、茶屋の前で小谷健一郎と右と左に別れたすぐあと、

「わっ」

と、こんどはすぐ脇を大きな音とともに走り抜けた大八車の巻き上げる土ぼこりをかぶった。すぐ前から町駕籠《まちかご》が走ってきたが、その人足たちもかけ声とともに足元から土ぼこりを巻き上げている。

大八車や下駄の音が、ひときわけたたましく聞こえてきた。京橋だ。その手前の枝道に入り、さらに脇道へ曲がった。慣れた足取りだ。外で黒羽織のほこりを払い、

「許せ」

塗笠をかぶったまま入った暖簾は、小ぢんまりとした、あまり目立たない呉服屋だった。南知堂である。

「これは氷室さま」

と、常連客のように番頭は揉み手をしながら迎えた。実際、氷室玄史郎は常連なのだ。三和土《たたき》に立ったまま、

「すっかり砂をかぶってしまってな。その前にさっと流してくらあ」

「それは、それは。ごゆっくりと」

愛想よく言う番頭に、玄史郎はさりげなく黒羽織とそれに腰の大小、さらにふところから出した袱紗《ふくさ》の包みを渡した。中には朱房《しゅぶさ》の十手が入っている。受け取るとき、番頭は瞬時きりりっと締まった表情になり、玄史郎は無言のうなずきを見せた。

無腰になったが塗笠をかぶったまま、入ったばかりの暖簾を出ようとした玄

史郎は、

「そうそう。弥八という町人が俺を訪ねて来るで、奥で待たせておいてくれ。手の者だ」

「はい。かしこまりました。弥八さんでございますね」

黒羽織などで両手がふさがったまま、復唱する番頭に玄史郎は再度うなずきを返し、外に出た。

無腰の着流しに塗笠で小銀杏《こいちよう》の髷《まげ》を隠し、武士とも町人ともつかぬ格好で足を向けたさきは、さっき番頭に言ったとおり湯屋だった。実際、下帯にまで砂が入り込んだようでからだ全体がざらざらするのだ。

湯屋はどこでも町内に一軒はあり、南知堂からもすぐ近くにある。どの湯屋もおなじような、弓に矢をつがえた形の看板というよりも目印を往還に突き出しているので、知らない町でもすぐ湯屋だと分かる。〝弓射《ゆみい》る〟を〝湯入《ゆい》る〟に引っかけた、洒落《しやれ》好きの江戸っ子ならではの看板だ。

もちろん、いま玄史郎が目にした〝弓射る〟の目印は、初めての湯屋ではない。南知堂が常連なら、その近くの湯屋もなかば常連になっている。

中に入ると番台のおやじが、

「あ、旦那。さっき開けたばかりでさあ。いま混んでいますぜ」

「そりゃあ、けっこう吹いたからなあ」

と、玄史郎も気さくに返した。

奥は広い板の間で、板壁に衣装棚が取り付けてある。

混んでいた。風の強い日は湯に飛び込んでざーっと流したくなるのは江戸っ子の常だが、強風の日に湯屋が営業するのはご法度になっている。火を派手に焚《た》くため、火災の危険があるからだ。番台のおやじが言ったように、風が弱まってから火を入れたので、一時に客が集中したようだ。

板の間の隅に陸湯《おかゆ》（上がり湯）の流し板があり、そこにも人が裸で列をなしている。

裸になれば武士も町人も区別はない。玄史郎は湯舟に向かった。入り口の板壁は鳥居《とりい》形に柱が組まれ、朱塗りや黒塗りで箔絵《はくえ》まで描かれ、そこへ湯気が逃げないように開け閉めできない板戸が天井から低く下がっている。柘榴口《ざくろぐち》だ。湯舟にはそこへ身をかがめ、くぐるように入る。この町の湯の柘榴口の箔絵《はくえ》は黒塗りの鳥居に薄緑の若竹が描かれ、玄史郎はこの造作を気に入っている。くぐった。中は人の顔も見えないほど暗いが、湯気が立ち込め混み合っているのが感触で分かる。

「すまねえ。詰めてくんねえ」

湯気のなかに声を入れた。

『あとから来てなにを言いやがる』

などと野暮《やぼ》を言う者はいない。

「おう。また増えたかい」

「さっきの風だもんなあ」

と、先客は奥のほうからすこしずつ詰めていく。

――バシャバシャバシャ
湯音とともにようやく首まで浸《つ》かれた。曲げた脛《すね》が前の者の背にあたり、右も左も誰かの肩と触れ合っている。

「で、さっきの話よ。ほんとうかい、神隠しなんて信じられねえぜ」

聞こえてきた。

（おっ）

玄史郎は耳を澄ませた。

湯にはこれがあるのだ。

暗い。町内の者同士なら声で相手が誰だか分かるだろうが、顔は見えない。

そこに遠慮のない町の噂が飛び交う。

確か、〝神隠し〟と聞こえた。

（あの話だ！）

玄史郎はバシャリと湯を顔にあて、つぎの言葉を待った。

「間違《まちげ》えねえぜ。この江戸のあちこちをまわっている古着の行商から聞いたのだからよう」

——バシャ

「あっちこっちでって」

「娘っこばっかりなのかい」

さっきの問いとは別のところから聞こえた。

——バチャン

「そうらしい」

「で、幾人くらいだい。そのまま帰《けえ》って来ねえのかい」

「分からねえ。帰って来たような来ねえような」

「じれってえぜ」

――バシャバシャ

「そんなあやふやな話よ。かわら版だって出ていねえしよ。おう、誰か知ってるかい。神隠しを書いたかわら版よ」

奥のほうからの声に、

「知らねえなあ」

柘榴口に近い、玄史郎のすぐ横の男が応《こた》えた。

声の主はこの風のなか、外に出ていた大工《だいく》に左官《さかん》、瓦《かわら》職人に行商の棒手振《ぼてふり》たちなのだろう。

(うーん。そろそろ噂になり始めているようだなあ)

玄史郎は思い、柘榴口を出た。

小銀杏は湯舟で解き、ざんばら髪になっている。頭からザブリと陸湯をかぶり、ふたたび無腰の着流しに戻り、無造作に束ねた髪を塗笠で隠し、おもてに出た。混んでいて烏《からす》の行水だったとはいえ、春嵐のあとの湯上りは爽快だ。だが、気は高ぶっている。

――神隠し

湯舟の声は言っていた。いずれかでまたもや〝娘っこ〟の〝拐かし〟があれ

ば、こんどは〝神隠し〟が江戸中の湯屋で、

『またあったってよ。やっぱりほんとうだぜ、若い女があっちこっちで神隠しに遭っているってえのは』

語られ、かわら版が出て江戸の町は大騒ぎになり、それこそ逢魔時には町々から若い女の姿は絶えるかもしれない。

——世上不安
お上の最も警戒すべきことである。

（お奉行はそれを防げ……と、この俺に）

玄史郎は解した。

まだ明るく、逢魔時には間がある。

ふたたび南知堂の暖簾をくぐると、岡っ引の弥八がさっき来たばかりで、奥の部屋で待っているという。

部屋に入ると、

「ごぶさたしておりやす。小谷の旦那に言われやして、へい」

三十路《みそじ》かそれに近い、いかにも裏の世界に通じているといった、一癖《ひとくせ》ありそうな面構えの男だ。そうでなければ岡っ引は務まらない。

「おう。この役務はすでにおめえのほうが詳しいはずだ。詳細はあとで、まず用意をな」

玄史郎は弥八に合わせた伝法な口調になり、番頭を部屋に呼んだ。

そのあとすぐだった。玄史郎と弥八は、南知堂の裏手の勝手口から出た。弥八は来たときとおなじ袷《あわせ》の着物の裾を、腕まくりをした手でちょいとつまんだ遊び人の格好だが、玄史郎は髪を町人髷に結い、股引《ももひき》に腹掛《はらがけ》で腰切半纏《こしきりばんてん》を三尺帯で決めた職人の格好だ。半纏の内側には、袱紗から出した十手を帯に差している。

さらに足には甲懸《こうがけ》を履き、肩には手斧《ちょうな》を引っかけている。甲懸は紐《ひも》つきの足《た》袋《び》で足首まで覆い、機敏な動きができる履物である。手斧は先が湾曲した三尺余(およそ一米《メートル》)の木の柄の先端に鍬形《くわがた》の刃物を取り付けた、材木を平らに削る道具だ。一見して大工と分かる風体だが、玄史郎は変装にはこの姿を最も好んでいる。動きやすく、刀がなくても手斧が武器になるからだ。

隠密廻り同心が衣装を変えたなら、それはすでに臨戦態勢に入ったことを意味する。定町廻り同心にすれば、スワ打ち込みといったところか。玄史郎が着ていた同心の地味な着物や黒羽織は、あとで番頭が大小と一緒に八丁堀の組屋敷に届けることだろう。いつものことである。

すなわち南知堂は、南町奉行所肝煎《きもいり》の詰所なのだ。もちろん、おもて向きは呉服屋として利益も出している。この南知堂は数寄屋橋御門からも八丁堀からも近いため、小谷健一郎が知っていたように定町廻り同心も臨時廻りのときなどには利用しているが、あと数か所に隠密廻りしか知らない呉服屋がある。とっさのときに、何にでも化けられるようにだ。

「へい。下膨れの愛らしい娘を見かけたのは、こっちでござんす」

街道に出ると遊び人風の弥八が、職人姿の玄史郎の案内役となった。

三

京橋を渡った二人の足は、日本橋に向かっている。

「おぉう」

と、また荷馬の列とすれ違い、

「おっとっと」

すぐまた急ぎの大八車に追い越され、避けたときに向かいから来た中間《ちゅうげん》を随《したが》

えた武士にぶつかりそうになり、

「へい。申しわけありやせん」

「ふむ」

「おっ、これはまた。どうも」

職人姿の玄史郎は一歩さがり、そこへ小僧を連れた大店《おおだな》のあるじ風と肩が触れあい、また頭を下げた。強風に動きを封じられていた分、街道の人出は普段より多くなっているようだ。うしろから町駕籠が、威勢のいい掛け声とともに追い越して行ったのへ、玄史郎はまたちょいと脇へ身を避けた。

「へへへ。違《ちげ》えやすねえ」

「なにが」

職人姿と遊び人風の二人は、歩を進めながら話している。

「なにがって、粋な小銀杏に黒羽織の小谷の旦那にくっついて歩いているときにゃ、お武家はともかく、荷馬だろうが駕籠だろうが、向こうから避けてくれるんでやすがねえ」

「あはは。俺はいま職人だぞ」

「そこでさあ。さっきから感心しておりやした。まったく言葉遣いから挙措《きよそ》まで、大工《でえく》にしか見えませんや」

「だから隠密廻りなのさ」

「へえ」

と、話しているうちに、日本橋の騒音が聞こえてきた。

橋板に響く下駄や大八車の騒音のなかを、高札場《こうさつば》のある南詰広場から北詰へ渡った。南からの街道がそのまま広い通りとなり、さらに北へと延びている。

渡ってすぐの一帯は町名を室町《むろまち》といったが、神田川《かんだがわ》の筋違《すじかい》御門まで十三丁（およそ一・四粁《キロ》）ばかりにわたってつづく、ほぼまっすぐの広い通りを、土地の者は〝神田の大通り〟と呼んでいる。二人の足はその大通りを踏み、北へと向かっている。

「――きょう、お奉行所で小谷の旦那に話そうと思っていたのでやすが……」

と、弥八は南知堂の奥の部屋で話していた。

下膨れの頬が愛らしい十五、六歳の町娘を見かけたのは、神田の大通りを北へ進んだ神田鍛冶町《かじちょう》で、それも逢魔時に近い時分であった。六日ほど前のことらしい。神田の大通りの界隈で、娘がいなくなったとの訴えは出ていない。

（ということは、向後《こうご》あり得る）

弥八は心ノ臓を高鳴らせ尾けようとしたが、雨が降《つ》ってきて見失ってしまった。

「――袱紗に包んだ三味線を抱えておりやしたから、找《さが》すのは難しくねえと思いやす」

　と、小谷健一郎に話したのはそこまでだった。

「――実際に、さきの六人と頬の特徴がよう似て、なんとも可愛らしい娘っこでやした」

　というのが、弥八の感想だった。

　その後の探索の成果を、きょう小谷健一郎に報告する予定だったのだ。

　南知堂の奥の部屋で、弥八は言った。

「――神田鍛冶町二丁目で、大通りを枝道に入ったところにある小間物屋の娘で、歳は十五で名はお千《せん》というそうで。鍛冶町一丁目にある三味線の師匠のところへ通っていて、そこのお弟子は界隈の娘ばかり十数人で、そのなかの一人でさあ。お千が通うのは三日毎《ごと》の午後で、習いを終えて帰るのが、へへ。ちょうど黄昏《たそがれ》の逢魔時って寸法でさあ」

　つまり、いつも店の手伝いもすれば外にも出歩く、これまでの娘たちと条件がおなじということになる。

「——ふむ。それでおめえはつぎに狙われるとしたら、その小間物屋のお千と見立てたわけだな」

「——さようで」

「——よし。その鑑定、俺も乗るぞ」

玄史郎は応《こた》え、いま二人はその鍛冶町に向かっているところである。

狙われそうな娘に張りついておれば、何者かは判らないが向こうから姿を現してくれる。そう目串を刺したのだ。

鍛冶町へ歩を踏みながら、弥八はさらに言った。

「小谷の旦那と一人ずつあたりやしてね、奇妙なことに気づきやしたよ」

「ほう。どんな」

人通りは多く、町駕籠も荷馬も大八車も行き交い、それだけ風は凪《や》んだものの土ぼこりが舞っている。そのなかで〝町人同士〟が肩をならべ話していても、立ち聞きもされなければ注意を向ける者もいない。

「六人が六人とも、非道《ひど》い目に遭ったとか、そういうやつれた感じはまったくしやせんでした。むしろその逆で、かえって色艶がいいのでさあ」

「ほう。それが神隠しだったのか」

「神隠し？　あぁ、そんな噂、ちらほら出はじめているってえことは、あっしも聞いておりやす。この近辺にまだ出まわっていなけりゃいいのでやすが。出ておれば、お千が通う時間を変えるかも知れやせんからねえ」

「そのとおりだ。で、さっきの話をつづけろ。色艶がよくなったってところからだ」

町駕籠が二人のすぐ脇をすれ違って行った。話は駕籠舁《か》き人足のかけ声に数瞬中断し、

「へえ。そのことでさあ。高輪の娘など、八百屋の娘でやしたがね、名はお糸と申しやした。近所のおなじ年ごろの娘にあたったのでやすが、どうやら隠れていた数日のあいだ、毎日旨《うま》いものを食べ、きれいな着物を着せられ、攫《さら》われたところへお駕籠でふたたび戻されたときには、小遣いまでもらっていたそうで。それもがきや小娘の小遣いじゃありやせん。……一両」

「一両？」

庶民には一両小判など、一度も見ずに一生を終えるのがほとんどなのだ。

「気がつきゃあ、木の葉だったてんじゃねえだろうなあ」

「とんでもありやせん。それに八百屋の娘は遊び友だちに、あんなきれいでご大層なひろびろとしたお駕籠に乗ったの、初めてだなんて言ったそうで」

「きれいな広い駕籠といやあ、高禄《こうろく》武家の女乗物ってえことになるぜ」

「そのようで」

「ということは、他の五件もそんな具合だったということになるかなあ」

「おそらく」

「それが神隠したあ……分からねえ」

言っているうちに、

「あ、旦那。鍛冶町一丁目ですぜ。三味線の師匠の教授処、ほれ、そのさきの脇道を右に入り、もう一回角を曲がったところでさあ」

「うむ」

ちょうどそこから大きな風呂敷包みを背負った行商人が出てきて、

「おっとっと」

追いかけっこか大通りから走り込んだ、わらわ頭の子供たち四人ほどとぶつかりそうになった。

春嵐のせいか曇り空で太陽は出ていないが、日の入りの六ツ時、すなわち逢魔時が近くなっている感じだ。

二人は枝道に入った。人通りはまばらになり、向かいから十五、六歳の娘が歩いて来る。小さな風呂敷包みを手に、商家の娘か女中か。

すれ違った。

(違う)

玄史郎にも分かった。下膨れではないのだ。

近所のおかみさんか、太った女の向こうにまた若い女……やはり違う。

玄史郎はふと思った。

(神隠しの何者かも、このように町々を、下膨れの頬の若い娘を找《さが》し歩いているのか)

だとすれば、

(その何者かにも目を配らねばならぬ)

それこそ、雲をつかむような話だ。

「そこの脇道でさあ」

角は干物屋だった。

つい店のなかに、年ごろの娘はいないかと目が行ってしまう。

曲がった。さらに人通りは少なくなり、聞こえてきた。

三味線の音だ。

「あそこでさあ」

「うむ」

ゆっくりとその前を通った。庭はなく、格子戸の玄関が往還に面した造作の家屋だ。柱に、

――三味線教授　嬌香《きょうか》
と記した、短冊《たんざく》ほどの木札《きふだ》が掛かっている。

「ほう。師匠は嬌香というのか。いい名だなあ」

「ご尊顔のほうはまだ拝んでおりやせんが」

低声《こごえ》で言いながら角を曲がり、立ちどまった。町角で手斧を肩にした大工と遊び人が、立ち話をしていても奇異ではない。むしろ下町の風景に溶け込んでいる。

「この時分でさあ、お千の手習いは」

「ならばさっきの三味線の音、あれがお千ということだな」

まるで二人とも、標的を追い詰めたように言っている。真の標的が、この周

辺に出没する可能性は……あるのだ。

「よし」

二人は歩きだした。鍛冶町二丁目のほうへ向かった。場所は弥八がすでに知っている。お千の家の小間物屋だ。三味線教授処との道順を歩いて確かめているのだ。すべて裏通りであり、人通りはきわめて少ない。逢魔時ともなれば、人の影の絶える筋もある。

だが、町の中である。どうやって拐《かどわ》かす。騒がれたらどうする……。高輪の娘が遊び友だちに言ったという〝きれいでご大層なお駕籠〟というのが、どうも引っかかる。

二人は三味線教授処とお千の小間物屋とのあいだを一往復し、ふたたび神田の大通りに出た。

いくらか暗くなりかけている。

大通りは暗くならないうちにと大八車も荷馬も人の足も速くなり、全体が慌ただしくなっている。いずれの街道にも大通りにも見られる、毎日の夕刻近くの風景だ。これで暗くなれば、さきほどの喧騒が嘘のように消え、往還にはときおり提灯《ちょうちん》の灯りが揺れるばかりとなる。その境が逢魔時だ。すなわち、いまである。

まだ慌ただしい大通りから、ふたたび三味線教授処への枝道に入った。

「うっ」

玄史郎は小さくうめき、手斧の柄を持つ手に力を入れ、

「見よ」

枝道の奥へ顎《あご》をしゃくった。

老武士の背が見える。玄史郎と弥八の進もうとしている方向へ、ゆっくりと歩を取っている。その三間（およそ五米《メートル》）ほど先に、矢羽模様の着物の女が歩いている。いずれ武家の腰元のようだ。さらにその三間ばかり前には紺看板《こんかんばん》に梵天帯《ぼんてんおび》の中間《ちゅうげん》姿が、背後の武士や腰元らとおなじ歩調で前に進んでいる。

低声《こごえ》で玄史郎は言った。

「あの三人、一連のようだぞ」

「え？」

弥八はあらためて前面を注視した。中間も腰元も、まるで無関係のように歩を取り、うしろをふり向きもしない。中間や腰元が武士の前を歩くなど、この三人のあいだに主従関係はないように、誰の目にも見えるだろう。だが、ゆっ

くりとした歩調が三人ともおなじなのだ。

(奇妙だ)

弥八も、自然なようでいてその不自然さに気づいた。

(あやつらが、神隠しの仕掛け人たちなのかも知れぬ)

玄史郎は感じ、弥八もそこまで思い至ったようだ。

二人は前方の三人に歩調を合わせ、あたりを見まわし、首をひねった。

どこにも〝ご大層なお駕籠〟が……見当たらない。

ただ、黙々と進んでいる。中間と腰元は故意にであろう、ふり向かないのがありがたい。老武士も、前面に神経を集中しているのか、背後を気にするようすがない。二丁目から一丁目への方向である。

中間が曲がった。

三味線教授処の通りだ。

つづいて腰元が、さらに老武士も……もう間違いない。三人は一組で、三味線教授処に目をつけている。

玄史郎と弥八は足を速め、曲がった。

(おおおっ)

ちょうど中間が格子戸の前に差しかかったところである。

格子戸が音を立てた。

「それではお師匠《しょ》さん。失礼いたします」

若い声とともに、出てきた。

向かい合わせになった。

顔がはっきりと見える明るさは残っている。

「おっ、旦那。あれです」

「ふむ」

弥八が言うのと玄史郎のうなずくのが同時だった。遠目にも下膨れの頬に愛らしい表情が感じ取れる。お千だ。胸のところに抱いている袱紗包みは、明らかに三味線だ。

中間はお千とすれ違ったとき、前を向いたまま右手を上げ髷《まげ》を撫でる仕草をした。

想像できるのは、中間が町々を徘徊《はいかい》し下膨れの娘を見つけ、弥八とおなじように探索を入れ、名と三味線の稽古事に通っていることをつきとめた……。その顔を、腰元と老武士が見定めに来た……。〝ご大層なお駕籠〟が見当たらないのは、きょうは〝拐《かどわ》かし〟の下見……。

だが、なんのために……。

(分からない)

お千は家路を急ぐ足取りで、腰元、老武士、さらに手斧を肩にした大工と遊び人風の二人連れと、つぎつぎにすれ違った。いずれもたまたま通り合わせたといった風情で、お千はそれらが自分を目当てにした一連の動きとは気づいていないようだ。これまで逢魔時に六人の娘が消えたという噂は、この神田一帯にはまだながれていないのだろう。

先頭でお千とすれ違った中間が立ちどまり、腰元と老武士がそこに合流し、三人は一体となって向きを変え、引き返しはじめた。来た道の二丁目方向に向きを変えたのだ。

(間違いない)

玄史郎は自分の立てた鑑定に確信を持った。

その三人を、職人姿の玄史郎と遊び人風の弥八が、往還で向かい合わせになり、武士に対する町人の礼で、二人はさりげなく脇にそれ、道を開けた。三人は老武士を先頭に腰元と中間がすぐうしろにつき、武家主従のかたちに歩をとっている。

その三人の足音がいくらか遠のいたところで、

「よし」

二人は立ちどまり、ふり返った。

果たして三人は、お千を尾けていた。

二人は再度うなずきを交わし、その三人を尾けた。

(さいさきよいぞ。かくも早く目串を刺せるとは)

胸中、玄史郎は小躍りしていた。

四

が、

「ん？」

玄史郎は足をとめた。

前方が十字路になっている。お千がそこを通り過ぎるのと、ほとんど同時だった。左手の大通りの方角から老人が一人出てきて右側に消えた。茶人を思わせるような角頭巾《かくずきん》をかぶっていた。

玄史郎が瞬時足をとめたのは、その老人が無腰だが町人には見えず、杖を持っていたがそれを必要とする歩き方でもなく、

(隠居の武士)

思われたからだ。

それにもう一つ、〝隠居の武士〟は主従三人のすぐ前を横切ったかたちになり、老武士がハッとしたようすで足をとめたからである。老武士の視線が〝隠居〟に釘づけられ、さらに通り過ぎてからも視線がその背を追っていたのが、背後からだが玄史郎には慥《しか》と見受けられた。

角頭巾の〝隠居〟はそれにまったく気づかないというより、意に介さず悠然と通り過ぎたのだ。

歩をとめた老武士主従は路上でなにやら鳩首《きゅうしゅ》したかと思うと、中間と腰元がそのまま真っ直ぐに進んでお千を尾け、老武士は〝隠居〟の去った往還に折れた。明らかに、

(隠居の尾行に入った)

予期せぬことに玄史郎は迷いながらも差配した。

「弥八、お千を見守れ。俺は武士のほうを尾ける。落ち合う場所は……」

最初に大通りから鍛冶町二丁目の枝道へ入ったところに、

「簀《よしず》張りの蕎麦《そば》屋があったろう。そこだ」

「へい」

二人は十字路で別れた。屋台がいつも決まったところで商《あきな》っているのか、まわりを簀で囲っただけの簡易な蕎麦屋だ。

先頭の隠居は町内の散歩にでも出かけていたのか、ゆっくりと歩いていたので、それを尾ける老武士の背をすぐとらえることができた。

一歩ごとに大通りから離れ、家々にも庭や板塀があるなど、町の空間にかなり余裕が出てきたように思われる。角を北へ曲がれば、一帯は鍛冶町一丁目から二丁目となる。

曲がった。

あたりがその一歩ごとに夕暮れへと入っていくのが感じられる。老武士の前を行く隠居の背が見えた。まるで静かな町並みと一緒に、夕暮れ時の経過を楽しんでいるように見える。角頭巾をかぶっているが、面倒な髷は落とし総髪にしているのは分かるが、それぞれに三間（およそ五米《メートル》）ほどずつ間を置いているので、薄暗くなったせいもあろうか白髪の混じり具合までは確認できない。だが、武士なら老いて腰の両刀が重くて苦痛になっても、刀は魂との気概から脇差くらいは帯びるものだ。いま夕暮れの逢魔時に老武士の前を行く老体は無腰だが、

（あの歩き方と、どことなく感じられる威厳……。やはり単に年行きを重ねただけの老体などではないぞ）

思いを強めた。

あたりは土地に余裕があり、板塀をめぐらした庭から、茂った樹々がのぞいている。人通りはなく、

（まずいな）

感じられる。職人姿であれば、夕暮れに町を歩いていても違和感はない。だが、二本差しはそうはいかない。ここは町場なのだ。

（先頭の隠居、尾けられているのを、すでに覚《さと》っているのではないか）

思われてくる。

「おっ」

隠居は角を曲がり、老武士は足を速めた。

玄史郎もそれにつづいた。

他に人影はない。

曲がると、

「ん？」

足をとめるよりも引き、身を角に隠し、そっとのぞいた。

前方に、見越しの松がのぞいている板塀があり、柱を組み合わせた冠木門《かぶきもん》の前に、老武士がたたずんで門扉《もんぴ》を見つめている。隠居の姿はない。その冠木門に隠居は入ったようだ。夕暮れという時刻から、角頭巾の隠居は知人を訪ねたのではなく、自分の住まいに帰ったのだろう。

（あそこがあの隠居の隠宅《いんたく》）

場所さえ分かれば、住人の名は近くで訊けばすぐ分かるだろう。

「おぉぉ」

玄史郎は一歩引き、物陰に身を隠した。老武士が引き返してきたのだ。

そやつが秘かに尾けたところから、角頭巾の隠居が〝神隠し〟のお仲間でないことは明らかだ。逆に警戒すべき相手……であろうか。

（背景はかなり複雑）

思われてくる。

隠居への尾行を終え、来た道を戻る老武士の背を確認すると、玄史郎はふたたび往還に歩を踏み、さきほどの冠木門の前に立った。場所の確認である。まわりの町家の板塀は単なる両開き門で、そのなかにあって太い柱の冠木門には、威厳さえ感じられる。

すでに暗くなったいま、すき間から中をのぞくのははばかられる。塀を乗り越え庭に侵入するには早すぎる。それに相手は〃武士〃だ。どのような仕掛けがあるか知れたものではない。

きびすを返し、暗くなったなかを弥八と落ち合う簀張《よしずば》りの蕎麦屋へ急いだ。

「おう、早かったな。行先は分かったぞ。で、そっちは？」

「無事、小間物屋に帰りつきやした」

と、簀に玄史郎が入るなり、弥八は縁台から腰を上げた。

「へい、お二人さん。なにを入れやしょう」

屋台の奥からおやじの声が聞こえた。

簀の中には縁台が二台ならんでいた。〃へい、お二人さん〃とおやじが言ったように、弥八はほんの数歩早く簀に入り、縁台に座ったばかりのところへ玄史郎が入って来たようだ。隣の縁台にも職人風が二人、座って蕎麦をすすっていた。

「ふむ。きょうは物見《ものみ》だけのようだったな」

「へい。何事もなくてようござんした」

他人《ひと》に聞かれてもあたり障りのない言葉を交わし、

「あっ」

「うっ」

阿吽《あうん》の呼吸ではないが、二人同時に声を上げた。

簀の中は提灯《ちょうちん》の灯りだけで薄暗い。

何事もないということは、腰元と中間はいずれかで老武士と落ち合い、帰途についたはずである。

当初から、

——それを尾けるなどまったく念頭に置いていなかった
ことに、気がついたのだ。もっとも京橋の南知堂を出たときには〝それ〟の影も形も存在すらも念頭になかったのだ。だが、とっさの判断にも〝それ〟を尾けることに思いが及ばなかったのは、玄史郎と弥八がきょうできたばかりの組み合わせで、阿吽の呼吸で事態に対処するにはほど遠かったようだ。

「ま、いいだろう。目串を刺す場所は得たのだ」

と、〝神隠し〟にかかわっていると思われる老武士と、なにやら仲間ではないがそれと無関係ではない隠宅に目串を刺しただけでも、

（きょうの収穫）

と思い、

「おい、弥八。きょうはもう遅い。八丁堀に泊まっていけ」

二人は蕎麦屋で無理を言ってぶら提灯を一張《ひとはり》買い取り、外に出た。昼間はにぎわう神田の大通りも、日の入りから半刻《はんとき》（およそ一時間）も経ると、灯りは屋台か煮売酒屋《にうりざかや》の軒提灯のみで、ときおりぶら提灯が通りに揺れるばかりとなる。

弥八は赤坂の町場に塒《ねぐら》があり、水商売上がりの女房が小さな茶店を開いている。夜更けてから帰るには遠い。

「へえ。お言葉に甘えやして」

と、これまでも小谷屋敷に泊まったことがあり、赤坂の女房も心得ていて一晩くらい帰らなくても心配することはない。

それにおなじ八丁堀に泊まるなら、奥方の千鶴さまがいる小谷屋敷よりも、千鶴の実家の氷室屋敷のほうが、旦那がまだ独り身で、住み込みで下働きの老夫婦との三人暮らしと聞いているから、

（お名前は冷たそうだが気楽ではないか）

などと思ったりもした。

二人の足は日本橋に入った。玄史郎の甲懸には音がなく、橋板を叩く弥八の雪駄《せった》の音のみが大きく聞こえる。高札のある南詰め広場は、日暮れてから火の気は一切ご法度になっており、定店《じょうみせ》の茶屋や煮売酒屋の灯りが寂しく点々と見えるのみで、広場そのものは暗い空洞のように感じられる。

そこを過ぎ、街道を日本橋通りの三丁目か四丁目で東への枝道に入れば、もう八丁堀は近い。

昼間は気がつかなかったが、鍛冶町から八丁堀までの短い道中に、弥八はみょうなことに気づいた。

煮売酒屋とは本来は酒屋だったのが、店先で飲む客のため軒下に縁台を用意し、さらに煮物まで出しはじめた店のことだ。仕事帰りの職人や、ちょいと商《み》舗《せ》を出てきたお店者《たなもの》には重宝な店である。縁台は簀で囲ってあっても、前を通

ったただけで酒の香りがただよってくる。酒好きにはこれがまたたまらない。

しかし玄史郎は、そうした煮売酒屋の軒提灯を見るたびに、脇道に入るか、脇道がないときには往還の隅へ迂回するように簀張りを避け、しかもそのあいだ息をとめているようなのだ。

『旦那、酒の匂いはお嫌いで？』

と、弥八は歩を進めながら喉まで出たが、精悍な感じで剣術も奉行所で一目置かれている人物に向かって無礼と思い、訊く言葉を呑み込んでいた。

五

奉行所の組屋敷がならぶ八丁堀には、屋台の蕎麦屋も出ておらず、煮売酒屋などさらにない。

氷室屋敷の冠木門は閉まっていたが、脇の潜《くぐ》り戸は徳利門《とっくりもん》になっており、押せば開いた。扉の上から徳利などの重しを結んだ紐《ひも》を吊るし、外から見れば閉まっているように見えるが小栈《こざる》は下ろしておらず、開けても紐に結んだ重りで自然に閉まるように仕掛けた門だ。五十石か百石取りで門番の中間を置く余裕のない武家屋敷が、よくこの仕掛けをしている。

「ここはなあ、こうして」

と、玄史郎は潜り戸を押し、弥八の持つぶら提灯の灯りのなかでニヤッと笑った。

「なるほど」

と、弥八も笑顔を返した。

氷室屋敷に余裕がないからではない。隠密廻りなら夜更けて帰るのはいつものことで、下働きの年寄りの手をわずらわせないための配慮だ。

母屋では二人とも起きて待っていた。

朝も気楽だった。定町廻りや物書同心のように、決まった時間に出仕する必要はない。隠密裡の役務だから、屋敷ではゆっくりと寝られる。

ところが翌朝、のんびりとはできなかった。

下働きの爺さんが縁側の雨戸を開けたのか、部屋が明るい。その縁側から声が飛び込んできた。

「玄史郎どの！　起きていますか。もう太陽が出ているというのに、まだ役務についていないとは何事ですか」

弥八にも聞き覚えのある、千鶴の声だ。おなじ八丁堀で屋敷が近いのは便利なときもあるが、困ることもある。

「へ、へい。ただいま」

弥八は飛び起き、急いで寝巻から袷《あわせ》の着物に着替え帯を締め、

「お内儀さま。へへ。お早うございます」

「えっ、弥八どの。なぜ」

「へえ。小谷の旦那さまから、しばらく氷室さまにつくようにと……」

弥八が明かり取りの障子を開け、縁側に出て相手をしているうちに玄史郎も着替えをすませ、

「姉上、こうも早うからまた何用ですか」

「何用もありませぬ。役務を怠らないように起こしに来たのです。小谷《うち》はもうとっくにお奉行所に出仕しております」

「そりゃあ定町廻りと隠密廻りの……」

「おなじことです」

まくしたてられているところへ、奥から、

「これはこれは千鶴さま。朝餉《あさげ》の用意はもうできておりますすじゃ。さあ、若さ

ま、じゃない、旦那さま。早う」

下働きの爺さんが奥から出てきた。

「おう。さっそくいただこうか。さあ、弥八」

玄史郎は逃げるように奥へ消え、

「これだから独り身は困るのです」

千鶴は浴びせるように言い、庭先に立っただけで退散した。これがもし、縁側に出ていなかったなら、ずかずかと部屋にまで上がってきて夜具の掻巻《かいまき》を引っぱがすのだ。霜の降った冬場などに、これをやられたらたまらない。

「ふーっ」

「小谷屋敷で話には聞いておりましたが、ほんとうだったんですねえ」

裏庭の井戸端で玄史郎は大きく息を吸い、弥八も溜息をついた。

おかげで、役務に出るのが、午過《ひるす》ぎにという予定よりも早く午前《ひるまえ》には出た。

これが思わぬ成果を生むことになる。

二人ともきのうとおなじ、大工と遊び人のいで立ちである。

神田鍛冶町に向かったのだ。

「小谷屋敷に泊めてもらった日にゃあ、いつもああなんでやすが、氷室の旦那のお屋敷までとは驚きやした」

「あはは。いまじゃ数日に一回なのだから助かるが、姉上を小谷さんにもらってもらうまでは毎日だったからなあ」

八丁堀から街道への歩を踏みながら、二人は話している。弥八は風呂敷包みを小脇に抱えていた。まだ朝のうちである。

街道に出ると、京橋の手前で脇道に入り、南知堂に寄った。

出てきたとき、弥八も腰切半纏に甲懸の職人姿になっていた。肩には大工の道具箱を担いでいる。さきほどの風呂敷包みの中身を移したのだ。

「へへ。変装は初めてですぜ。これで隠密廻りの目明しになった気がしてきやしたぜ」

弥八は言う。肩の道具箱には戦闘用の長尺十手《ながしやく》に脇差、鉄板入りの鉢巻に具足、折りたたんだ御用の弓張提灯二張《ゆみはりぢようちんふたはり》、捕縄《とりなわ》に呼子《よぶこ》などが入っている。隠密廻りが派手に打ち込むことはないが、とっさの場合にそなえ用意はしておかねばならない。なにに化けてもふところに朱房の十手は常に入れている。房なしの並尺十手《なみしやく》も道具箱の中にある。いざというとき、岡っ引に持たせるためだ。

日本橋の騒音のなかで、中間を随えた武士に礼をとって道を開け、室町を過ぎ鍛冶町一丁目に入った。

枝道に入り、三味線教授処の格子戸をちらと見た。きのうとは違った三味《しゃみ》の調子が聞こえてくる。

二人は顔を見合わせ、うなずきを交わした。小間物屋のお千が通うのは三日毎であり、あさってが正念場になる。

「さあ、こっちだぞ」

玄史郎が弥八をうながしたのは、角頭巾の隠宅のある鍛冶町二丁目だった。

「その隠居が一味の仲間でないとしたら……」

「武家同士の争い……」

「お奉行所は手が出せやせんぜ」

「だが、町娘をみょうに拐かしていやがる。許せるかい」

「許せやせん」

「だから定町廻りから隠密廻りの俺にお鉢がまわってきたって寸法よ」

「隠密廻りって、つまりそういう役務なんですかい。おもしれえ」

話しているうちに、足はつぎの角を曲がれば隠宅の冠木門というところまで来た。

曲がるなり、

「おぉ」

玄史郎はきのうの夕刻とは違った声を上げ、道具箱を担いだ弥八と肩をならべ、歩を進めた。

界隈では威厳のあるあの冠木門の両開きの門扉が、内側へ八の字に開いているのだ。それを見ることができたのは、やはり八丁堀を早めに出たおかげであろう。

さりげなく二人は門の前を通り過ぎた。

さきの角を曲がり、

「旦那！」

「うむ」

二人は興奮気味に歩をとめた。

門の中は飛び石が玄関までつづき、庭もよく手入れされているのが分かる。

その玄関前に、

（ご大層な女乗物が）

停まっていたのだ。高輪の八百屋の娘が言っていた〝大層な乗物〟の条件にぴたりと合う権門《けんもん》駕籠だ。

（それが角頭巾の隠宅の庭になぜ？）

かかわりが、ますます分からなくなる。

「もう一度」

「へい」

二人は引き返し、ふたたび冠木門の前に歩を進めた。

庭に面した縁側に、紺看板《こんかんばん》に梵天帯《ぼんてんおび》の中間《ちゅうげん》が五、六人ほど腰掛けて茶を飲んでいる。おそらく陸尺《ろくしゃく》（駕籠舁《か》き）や挟箱持《はさみばこもち》のお供の衆だろう。中間だけでも五、六人となれば、武士や腰元のお供はもっといるはずだ。それを思えば、隠宅全体にきょうはなにやら賑やかなような気配が感じられる。

通り過ぎた。

町場のおかみさん風の女が歩いている。

声をかけた。

「あのう、ちょいと尋ねやすが、そこの冠木門のお家。まるでお武家のようですが、どなたさまがお住まいで。いえね、門の柱が杉の木で立派なものでやすから、つい気になりやして」

「さすが大工さんねえ。そう、立派な冠木門ですよ。〝隠居の御前〟と、町内のあたしらは称《よ》んでいるんですけどね。お名前？　さあ、訊《き》くのが畏《おそ》れ多いような」

と、玄史郎が職人言葉で訊いたが、隠居の素性は分からなかった。

弥八も別のお店者風《たなものふう》に声をかけた。

「あぁ、隠居の御前かね。よくお一人で散歩しておいでですよ。ご身分ねえ。御前は御前ですよ」

と、やはり要領を得ない。

午《ひる》近くに神田の大通りに近いところまで出て、昨夜とは異なる常店《じょうみせ》の蕎麦屋に入り、ふたたび訊いた。

「はい。あのご隠居なら、ここへもときどきお見えになりまして。お名前ですか？　お客の名までは」

と、やはり埒《らち》が明かなかった。

調べる方途は一つしかない。中間たちが縁側にたむろしていたところから、あの女乗物は隠宅の駕籠ではなく来客として来たのだろう。その帰りを待ち、尾けるしかない。

玄史郎と弥八は大通りをぶらつき、ときおり隠宅に動きがないか近くまで足を運び、さらに近辺を歩き、また別の蕎麦屋に入り、

「旦那、動きやしたぜ」

と、大通りの茶店の縁台に座っていた玄史郎に、弥八が知らせに戻って来たのは、ちょうど昼八ツ（およそ午後二時）の鐘が聞こえたときだった。

「おうっ」

玄史郎は立ち上がり、急いだ。おなじ鍛冶町二丁目で、すぐ近くだ。近くといえば、お千の小間物屋も二丁目だ。

大通りから冠木門の隠宅へ向かう枝道に入ろうとしたときだった。

「おっ」

弥八が足をとめ、

「このまま大通りをまっすぐに」

言うので玄史郎はうなずき、二人とも枝道の前を通り過ぎた。

なるほど、その枝道にお千の姿があったのだ。家の用事か前掛をして両手で鍋を持ち、大通りのほうへ向かっていた。二人はお千をやり過ごしてからふり返った。

逢魔時ではないが〝神隠し〟に狙われている娘だ。一人で出歩いているのを見過ごすわけにはいかない。

「弥八。おまえはお千を見守れ。女乗物は俺が尾ける。落ち合うのは」

玄史郎はいくらか迷った。女乗物はどこまで行くか分からない。

「やはり八丁堀に引き返し、俺の帰りを待て」

「へい」

また二人は別方向に別れた。

お千をやり過ごした分だけ、玄史郎が隠宅の冠木門のある通りへ向かうのが遅れた。

近づいたとき、あの女乗物が冠木門の通りから出てきたところだった。あとすこし早く着き、女乗物の主《ぬし》を見送る〝隠居の御前〟のようすを見たなら、その関係におよその見当はついただろう。それよりも、きのうのように夕暮れ近くではなく、昼間の明るい太陽の下で〝隠居の御前〟の顔を見ていたなら、その場で玄史郎はアッと驚き、このあとの展開は違ったものになっていたかもしれない。きのうは夕暮れ時のうえに、うしろ姿しか見ていなかったのだ。横顔も、ちらと見たに過ぎない。

玄史郎はさっきお千をやり過ごしたように、角で女乗物をやり過ごし、冠木門には目もくれず女乗物の一行に尾いた。

女乗物は高輪の八百屋の娘が言ったように、ゆったりと中間四人の四枚肩《しまいかた》に担がれ、供先《ともさき》には二人の武士が立ち、両脇には矢羽根模様の着物を着た腰元が一人ずつつき、うしろにも武士が二人、さらに挟箱《はさみばこ》を担いだ中間二人がつづいている。まさに権門駕籠であり、並みの身分とは思われない。

六

権門駕籠の一行は、神田の大通りに出るとそのまま横切り、向かいの町場の枝道に入った。その間、ほんのわずかだが大通りのながれが遮断されたほどだった。ふたたび動きだした街道に、

「おっと、ぼやぼやすんねえ！」

急ぎの用かすぐ前で動きだした大八車に怒鳴られ、

「おうっ」

一歩下がり、車輪や後押しの人足が巻き上げる土ぼこりのなかに大通りを横

切り、駕籠の一行を追った。

江戸城の北面近くにあたるこの一帯も、東面にあたる数寄屋橋御門の界隈とおなじで、町家が外濠にまで迫り、各御門の外がすぐに町場となっている。大通りから町場の往還を、権門駕籠の一行はなおもまっすぐ進んでいる。このまま行けば外濠にぶつかる。外濠に沿った往還を、

(北へ進めば神田橋御門、南へ行けば常盤橋《ときわばし》御門か)

権門駕籠の行く先を想像しながら、職人姿で手斧を肩にかけた玄史郎は歩を拾った。いずれにせよ駕籠の一行が江戸城外濠《そとぼり》の城内に入るのは明らかだ。ということは、一行は大名家か高禄の旗本か……。

すでに大通りから外れ、人通りは少ないものの往還を行く者は大層な駕籠の一行と出会えば、脇に寄って道を開けている。ときおり中間をともなった武士も歩いているが、駕籠に向かって立ちどまり軽く一礼するのは、武家の武家に対する礼か。

周囲はまだ町家だが、駕籠の前方が開けてきた。外濠だ。

(いかん)

玄史郎は足をとめ一歩あとずさり、うしろ向きのままさらに数歩下がり、

（別の道を）

思い、向きを変えようとした刹那《せつな》だった。

「うわあっ」

声とともに、

――カシャン
酒屋の前だった。すぐ近くに持って行くつもりだったのか、小僧が酒を入れた一升枡を両手で持って出てくるなり玄史郎にぶつかり、胸から腰、股引にかけて酒びたりにするなり枡を下に落とした。

もういけない。

「ううっ」

玄史郎はうめき軽い目まいを覚え、足がふらついた。

「これ！　店先で他人《ひと》さまにぶつかるやつがありますか」

中からあるじが走り出てきて、手斧を肩にした職人が怒るようすのないのを、逆に見くびったか、

「あー、あんたもなにをぼんやりしてなすった。こんなに濡れてしまって」

玄史郎にすれば怒るどころではなかった。立っているのがやっとなのだ。ま

だふらつく足で、

「あー、あるじか。ちょいと休ませてもらうぞ。奥でだ」

ふらふらと店の中に入り、板敷の間に腰を投げ下ろすなり半纏を脱ぎ、腹掛もはずしはじめた。

「ちょいと困るよあんた。店先でそんな格好をされたんじゃ」

あるじは迷惑顔で言うが、玄史郎の目まいはますますひどくなる。

「亭主、奥へ案内しろ。早く。うぅぅぅ」

「なに言ってんだね、あんた」

あるじはわけの分からない〝職人〟へ実際に怒りだしたが、ハッとするなり態度を変え、

「さ、早く旦那を奥へ。すぐに着替えを」

店の者に命じるとみずから板敷の間に上がり、

「ささ、こちらへ」

腰をかがめ、廊下を奥の部屋へと先導した。玄史郎の異常に気づいたのではない。股引の腰紐に差している、朱房の十手に気づいたのだ。

部屋で、

「これはこれは、とんだ粗相《そそう》をいたしまして」

畳に額をすりつけんばかりに恐縮するあるじに玄史郎は、

「あぁ、よいよい。それよりも裏庭で盥《たらい》に水を用意してくれ」

言われるままあるじが奉公人に用意させ、玄史郎が下帯一丁になって体を拭きはじめたのには目を丸くしていた。

酒屋の店場からでなく、裏の勝手口から出たとき、新しい袷《あわせ》の着物に着替えていた。外まで出て見送るあるじはなおも平身低頭している。

（なにやら大事な御用に迷惑をかけてしまったような）

あるじは思いしきりに店の者の無礼を詫びるが、玄史郎は叱責することもなく、十手もさりげなくふところに収め、御用向きのことはなにも言わず、

「――裏手から分からぬように出るぞ」

と、言っただけだったから、

（あとでどんなお咎《とが》めがあるかも知れぬ）

と、かえってあるじは戦々恐々としていた。

玄史郎はただ、怒鳴りつけるよりも気力が失せ、ともかくこの場を早く離れたかったのだ。

「へえ、氷室さまでございますね。酒で汚しました半纏など、きれいに洗濯しまして、あすにでもお屋敷にお届けいたしまするです、はい」

おやじの恐れ入る声を背に玄史郎は酒屋の裏塀を離れ、

(とんだ目に遭ってしまった)

思いながら外濠への道を急いだ。さきほど〝いかん〟と足をとめ、あとずさりしたのは、前方の路傍に〝酒〟と大きな字で染め抜いた旗を掲げた屋台が出ていたからだった。

外濠沿いの往還に出た。まだあの女乗物の一行が歩いているはずはない。太陽はもう西の空にかたむいているのだ。

外濠の御門なら怪しい風体や浪人者以外なら、職人、お店者、行商人などいずれも昼間は往来勝手である。そうでなければ、城内の屋敷は日々の生活に困るだろう。

だが神田橋御門か常盤橋御門か、町人姿で門番に訊くことなどできない。十手を見せれば、町方がなにを訊くかと逆効果にしかならない。十手はさきほどの酒屋のように、町場にあってこそ威力を発揮するのだ。

(なんてことだ。またも失策《しくじ》ったか)

〝酒〟の屋台や酒屋の小僧を恨むのではない。自覚している唯一の弱点に自分自身あきれながら、外濠沿いの往還を南へ進んだ。外濠は日本橋の掘割《ほりわり》に通じている。

ふたたび日本橋の騒音を経て八丁堀に戻ったのは、地に落とす影がかなり長くなってからだった。

（弥八はもう帰っていようなあ）

思いながら組屋敷の冠木門をくぐると、

「旦那ア」

弥八が玄関から飛び出てきた。やはりさきに帰って待っていた。

「えっ、その格好は？」

「あぁ、ちょぃと事情があってな」

玄史郎の衣装が変わっていて手斧も持っていないことに、当然ながら驚いたようだ。玄史郎には訊かれるのも痛いところだ。問われたのを軽くかわして部屋に入り、

「で、おまえのほうはどうだった。お千は無事だったか」

「へえ、何事もなく。近くの干物屋へ買い物に出ただけでやした」

「まわりに胡散臭い目は張りついていなかったか。よく外へ出る町娘のようだが、〝神隠し〟の連中がそこに気づいていたなら、毎日警戒に出なければならんでのう」

お千が無事ならそれでよいのだが、問いをくり返すのは、衣装が変わっているのをしつこく訊かれないようにするためだった。

(帰りに南知堂へ寄って、おなじ腰切半纏と股引を用意させればよかったかなあ)

などとも思えてくる。

「ならば旦那。あしたも行きやすかい」

「いや。それには及ばぬ。ともかく、あさってだ。おめえはきょうはこれで帰って、あさって午過《ひるす》ぎにまたここへ来るのだ」

言っていることに間違いはない。探りも入れすぎると、かえって対手《あいて》に感づかれることにもなる。

「ならば、そうさせていただきやす。で、旦那のほうは？　あのご大層なお駕籠の行先は分かりやしたかい」

やはり訊いてきた。当然であろう。答えなくてはならない。

「いやあ、それが、ひょんなことから見失ってしもうてなあ」

「えっ。ひょんなこととは？」

「あはは。訊くな、訊くな。ともかくあさってが正念場だ」

言いだしには笑い顔をつくったが、言い終わったときには真剣な表情になっていた。

「へいっ」

弥八は応じた。

（これが隠密廻りの作法なのか）

持ち帰った道具箱は屋敷に置き、弥八は首をかしげたままこの日は赤坂の塒《ねぐら》に帰った。

翌日、あの酒屋のおやじが小僧を連れ、きれいに洗濯をした半纏と股引、腹掛を持って来た。玄関でまたもや平身低頭し、お詫びのしるしにと一升徳利を置いていった。中身は安物ではなかろう。酒屋のおやじが帰ると、

「あしたまた弥八が来るから、帰りに持たせてやれ」

下働きの爺さんに言った。

そのあしたが来た。正念場の日である。

庭に弥八の足音が聞こえた。

玄史郎はすでに、きのう酒屋のおやじが持って来た職人姿に着替えている。

（きょうは、失敗は許されぬ。現場を押さえ、〝神隠し〟の正体をかならず暴いてやるぞっ）

みずからに気合を入れた。

二　大名屋敷

一

「行くぞ」

　氷室玄史郎が居間で弥八をうながし、やおら腰を上げたのはまだ陽が高く、神田に着いても逢魔時《おうまがどき》には充分に余裕があろうかといった時分だった。先日の失敗を埋めようと、気負っている。

「へい。いまから決めておきやせんか。今宵の落ち合う場所はこの八丁堀のお屋敷と」

　弥八が言ったのは、さきほど下男の爺さんが、

「――弥八さん。この酒、旦那さまがあとで持って帰れと」

　言ったからだろう。

「――うほーっ。そんなら出陣の景気づけにまず一杯」

「――ならぬっ」

弥八が言って一升徳利の栓を抜こうとしたのを、横合いから玄史郎は怒ったようにとめた。

「――へえ」

弥八は首をすぼめて徳利を脇に置き、

(――なんとも堅物よ。これが隠密廻りの旦那というものか)

などと、なにかと融通の利く定町廻り同心との差を、このときは感じたものだった。

ともかく二人は組屋敷の冠木門を出た。

八丁堀出入りの行商人などがこれを見れば、

「あんれ。氷室さまのお屋敷は普請《ふしん》でもされていたか。音など聞こえていなかったが」

と、首をかしげることだろう。

二人とも股引《ももひき》に腰切半纏を三尺帯で決め、足には甲懸《こうがけ》を履いた大工姿だ。玄史郎は肩に手斧《ちょうな》をひょいと掛け、弥八は道具箱を担いでいる。中には脇差のほかに長尺十手や御用提灯など捕物道具が入っている。

日本橋の騒音を抜けたとき、

「どうもこの格好じゃ八丁堀の旦那と歩いている気がしやせんや。これもやはり隠密廻りなんですかねえ」

「こら。声が大きい」

「へ、へい」

道具箱を担いだ弥八は首をすくめた。

岡っ引の弥八は、定町廻りの小谷健一郎について町を歩いているときとの違いに戸惑っているようだ。定町廻りなら地味な着流しに黒羽織をつけ、髷は小銀杏で雪駄《せった》にシャーッ、シャーッと音を立て、一目で八丁堀と分かるその姿に町の者は道を開けてくれる。

向かいから来た武士に道を譲るなり、

「おう、気をつけろい！」

脇道から不意に出てきた遊び人風の若い男に浴びせられた。八丁堀の姿を見れば、こそこそと逃げ出す類《たぐい》だ。

「野郎！」

「こら」

遊び人風に喰ってかかろうとした弥八の袖《そで》を、玄史郎は強く引いた。

「くそーっ」

と、弥八は不満顔だった。

二人の足は神田鍛冶町一丁目に入った。道を行く者や荷馬などの影も長くなり、周囲はそろそろ一日の仕事を終えようとあわただしくなり始めているが、やはり黄昏《たそがれ》の逢魔時にはまだ間があった。

一丁目で枝道に入った。もう一度、嬌香《きようか》の三味線教授処から二丁目のお千の小間物屋の位置関係を確認し、

「あの冠木門も気になる。そこも見て行こう」

と、ゆっくりと歩いた。

裏通りであれば人通りは少なく、粋な格子戸の前に歩をとると、三日前とおなじ調子の三味線の音が聞こえてくる。下手ではない。だが、師匠というほどでもない。

「お千のようでやすねえ」

「そうだなあ」

と、その音色を確認し、通り過ぎた。

嬌香の三味線教授処からなら、冠木門はお千の小間物屋の手前を大通りからさらに離れる北寄りに歩を進めたところにある。

「おぉ」

玄史郎はまた歩をとめた。またというのは、三日前にもそこで歩をとめたからだ。角頭巾《かくずきん》のなにやらいわくありげな隠居を老武士が尾《つ》けだした、あの四つ角だ。

角頭巾の隠居がまた歩いていたのではない。おととい冠木門から出てくるところを見た、あの権門の女乗物が冠木門の隠宅の方向から出てきたのだ。隠宅から出て来たのは確実だ。だが、三日前と陣容は違っていた、乗物は四枚肩《しまいかた》で供先《ともさき》に武士が二人、殿《しんがり》に挟箱持《はさみばこもち》の中間《ちゅうげん》が二人いるのはおなじだが、駕籠の左右に一人ずついた腰元がきょうは片方しかおらず、さらに駕籠のすぐうしろについていた武士二人もいない。

「うむむっ」

玄史郎は迷った。だが、すぐに吹っ切れた。おとといは見えなかった駕籠の屋根に打ってある家紋が慥《しか》と見えたのだ。揚羽蝶《あげはちょう》だ。それも小さく描かれている。

（女紋《おんなもん》か）

中間の担いでいる挟箱の家紋も見えた。通常の大きさだから、これがその家の家紋であろう。おとといは袱紗《ふくさ》の覆いがかけられていたから、それが見えなかった。丸に二引《ふたつひき》の紋様だ。

家紋は代々男系によって引き継がれるが、女は婚家においても実家の家紋を使用する。これを女紋といった。

找《さが》しやすい。丸に二引の紋は珍しくはないが、外濠《そとぼり》城内の屋敷で家紋が丸に二引で女紋が揚羽蝶の家を調べればよい。

「あの駕籠、神隠しに加担しているのではない。正念場のほうに集中するぞ」

「へい」

大工姿の二人は女乗物の一行をやりすごし、角を曲がった。女乗物が出てきた、あの冠木門がある往還だ。

見える。門は閉じられているが、なにやら動きがあった雰囲気だ。当然であろう。女乗物の一行はそこから出てきたのだ。

門の前を通った。見えない。だが、二人はうなずきを交わした。内側にまだ動きの気配が感じられるのだ。

玄史郎はすき間からでも中をのぞきたい思いに駆られたが、きょうは〝神隠し〟の正体を暴《あば》く正念場だ。余計な行動でつまずくようなことがあってはならない。

通り越し、小間物屋に向かった。

櫛《くし》や化粧品を売っている店を、道具箱と手斧を肩に掛けた大工職人がのぞくのは不自然だ。おもてから見る限り、変わったところはなにもない。そのはずだろう。娘が〝神隠し〟に遭おうとしていることを、当人も家の者もまったく気づいていないのだから……。

（教えてやれば、お千は難を免れよう。……だが）

うしろめたい思いを胸に抑え、通り過ぎた。目的は、あくまで〝神隠し〟の現場を確かめ、その正体を暴くところにあるのだ。これまでの六人が、いずれも恐ろしい思いをしたようすもなく数日で帰ってきているので、その点はいくらか救われる思いにもなる。

一丁目のほうに引き返した。

「あれはっ」

「女乗物！」

思わず言ったのは二人同時だった。

一丁目と二丁目の境になる裏道だ。料亭街とはいえないが、小振りな料理屋が数軒ならんでいる一角がある。その一軒の暖簾《のれん》の前に駕籠は停まり、中間姿が二人、手持ちぶさたにたむろしている。権門の女乗物に違いないが、さきほどの四枚肩にくらべればいくらか小振りで、前棒と後棒が二人で担ぐ二枚肩のようだ。それでも町娘から見れば、〝ご大層なひろびろとしたお駕籠〟には違いない。

たむろしている中間二人が、その陸尺《ろくしゃく》（駕籠舁《か》き）のようだ。なるほど若く体格のいい中間たちだ。小料理屋の中で、〝神隠し〟の差配《さはい》たちが逢魔時を待っているのかもしれない。

（家紋は）

屋根に袱紗がかけられ、見えない。

（いよいよ怪しい。神隠しの道具立てに違いない）

確信を強めた。

中間たちの影も、玄史郎たちの影も長い。

その影が、消えた。

日の入りだ。

逢魔時に入った。

玄史郎は弥八の袖を角の物陰に引き、

「二手に別れて尾けるぞ」

「えっ。旦那と二人で飛び出して騒ぎを起こしゃあ、お千は助けられるんですぜ」

「言うな。相手は権門駕籠で相当の武家だ。われら町方が手を出すには、確たる手証《てしょう》が必要だ。料簡せい」

「へ、へい」

弥八は不承不承《ふしょうぶしょう》応じたが、それを言う玄史郎はさらに悔しい思いを嚙みしめているのだ。

「ともかくだ、俺たちが別々になってしまっても、どちらかが行先を突きとめれば……」

「へえ、分かってまさあ。落ち合うのは八丁堀」

「よし」

二人はその場を左右に別れた。弥八はあの上物の一升徳利が気になっているのかも知れないが、この場での策は妥当だった。どちらかが感づかれ尾行が不能となっても、もう一人は続行できる。

弥八は場所を変え、路地から小料理屋に近づき、駕籠が見える物陰に陣取った。

一方、玄史郎は小料理屋の前を迂回し、三味線教授処に近づいた。格子戸が見える。

音がやんでいる。稽古は終わったようだ。

あたりがいくらか暗くなった。

格子戸の内側に人の気配が……。

開いた。

お千の姿が見えた。

(よし)

玄史郎が胸中に気合を入れたときだった。

「うっ」

うめくように、小さく声を出した。

不覚だった。背後に人の気配を感じると同時に、腰切半纏の腰に刃物の切っ先を突きつけられたのを感じたのだ。

「動くな」

手斧を持つ手に力を入れるなり、その呼吸を察知されたか低い声と同時に刃物の切っ先がぐいと押しつけられた。腰にちくりと痛みを感じ、身動きがとれない。なかなかの手練《てだれ》のようだ。

それでも玄史郎はかすかに首をまわし、相手の何者かを見た。武士だ。二人いる。三日前に三味線教授処とお千の小間物屋のあいだを徘徊していた武士とは異なるのを直感した。

突きつけられているのは、大刀でも脇差でもない。手の平に入るほどの小柄《こづか》と思われる。殺意はないようだ。だが動きを封じられているようすは、通行人があったとしても気づかないだろう。

「それではお師匠《しょ》さん」

「はい。気をつけて」

声が聞こえ、お千の下駄の音が遠ざかる。

玄史郎は気を落ち着け、

「なにやつ」

「口をきくな。さあ、歩け。まっすぐにだ」

再度ふり向こうとすると、ちくりとふたたび刃物の痛さを腰に感じた。従わざるを得ない。

一人が玄史郎の前に出て、もう一人が背後についた。武士二人が大工姿の町人を挟んで歩くかたちだ。歩を踏み出した。お千の下駄の音はもう聞こえなくなった。

玄史郎は感じた。

(こやつら二人、さっき隠宅を出てきた女乗物から欠けていたやつらだ。ならば、腰元がもう一人欠けていたが、隠宅に残っているのか)

なおも、〝ならば〟と思えてくる。

(あの女乗物の一行も、〝神隠し〟との関わりで隠宅に来ていたのか……)

三味線教授処のある往還を通り過ぎ、角を二丁目のほうへ曲がった。地元のおかみさん風の女とすれ違ったが、武士を避けるように脇へ寄り、軽く会釈する。緊迫したようすにまったく気づかない。そのはずだ。背後の武士は玄史郎から二、三歩うしろに離れ、小柄はすでに大刀の柄に戻され、ただ歩いているだけの風情になっているのだ。

玄史郎は前からも背後からも緊迫感を覚え、逃げるのは、

（不可能）

であることを感じ取っている。

「お武家さんたちゃあ、どなたさんですかい」

「黙って歩け」

町人言葉をつくった玄史郎に、前面で先導するように歩を踏む武士が、わずかに首をふり返らせた。背後の武士からは、肩の手斧が少しでも動けば抜き打ちをかけられるような緊張を感じる。相手の素性が分からないまま、やはり言われるとおりにする以外ない。

先導の武士に歩を合わせながら、

（弥八は大丈夫か……。お千は……）

脳裡を駈けめぐった。

お千の足は、あの小振りな女乗物の停まっている小料理屋の前にさしかかっていた。

（あら。綺麗なお駕籠）

思ったのか、その駕籠に視線を投げながら、お千は通り過ぎた。

中間二人の姿はなかった。暖簾の中に入っているようだった。

出てきた。

物陰から、弥八はそれらの動きを見ていた。得体の知れない武士に動きは封じられていない。

駕籠が動きはじめた。やはり中間二人は陸尺だった。武士が二人に御高祖頭《おこそ》巾の腰元が一人、駕籠についていた。なぜか陸尺は、駕籠を軽そうに担いでいる。武士二人と腰元は、

（おっ、あれは！）

三日前に見た、物見《ものみ》の顔ぶれではないか。弥八の心ノ臓は高鳴った。一人は、角頭巾の隠居を尾けた老武士だ。

（こやつが、神隠しの差配か）

勘が働く。

尾けた。

お千が角を曲がり、駕籠の一行もおなじ方向に曲がった。

（やはり、お千を狙ってやがるな）

あたりはうっすらと夕闇が降りはじめ、他に人通りはない。

お千は背後に気がついたか、ふり返った。

同時だった。

「もうし。ちと、ものを尋ねるが」

と、御高祖頭巾の腰元がお千に近寄った。

話しかけたのが腰元であるためか、お千はなんら警戒心を持たず、

「はい」

立ちどまった。

弥八は見つめている。お千と腰元の声は小さく、聞き取れなかったが、どうやら腰元は道を尋ねるふりをしているようだ。

駕籠がお千に近づき、すぐ横にとまった。老武士たちも一緒である。

お千が三味線を抱えたまま、なにやら方向を手で示そうとした刹那《せつな》、

「あっ」

声を上げたのは弥八だ。若いほうの武士がお千の脾腹《ひばら》に当て身を打ち込み、声もなく崩れ落ちようとするお千の身を老武士と腰元が支え、素早く駕籠の中に押し込んだ。どうりで陸尺は軽そうに担いでいたはずだ。それまで中は空だ

ったのだ。

弥八は飛び出そうとしたが、その隙もないまま手慣れた瞬時のできごとだった。

女乗物の駕籠尻が地を離れ、なにごともなかったように動きはじめた。

（そうか。これまでの六人もこのように）

みょうに感心しながら、弥八は駕籠を尾けた。

大通りに向かっている。

夕暮れは徐々に濃さを増し、大通りも人影はまばらとなり、すでに火を入れた提灯を提《さ》げている者もいる。駕籠を警護する武士二人も弓張《ゆみはり》提灯をかざし、腰元はぶら提灯を提げ、人気《ひとけ》の少なくなった大通りにひときわ目立っている。

それがかえって権門の乗物を強調し、中に乗っているのが気を失った町娘だなどと想像する者はいないだろう。

その灯りの一行は神田の大通りを南へ、日本橋の方向に歩を進めている。

弥八は黄昏《たそがれ》の深まるなかに、周囲を見まわした。

（いない）

首をひねった。

（あの〝隠居の御前〟のほうに、なにか動きでもあったのか）

推測し、お千を乗せた女乗物の一行を追った。

二

弥八の推測は、一面では当たっていた。

前後を挟まれた玄史郎は、

（この二人、やはり角頭巾の隠居の手の者）

思いを強めた。

前に立つ武士の足が、あの冠木門のある往還に向かっているのだ。町娘の拐《かどわ》かしとなんらかの関わりがあることは、三日前すでに感じ取り、いまはそれを確たるものにしている。逃げる隙をうかがうよりも、

（虎穴《こけつ》に入らずんば……だ。乗ってやるぜ）

玄史郎は意を決した。

その呼吸を前後の武士は受けとめたか、

「そなた」

と、背後の武士が声をかけてきた。

「なんでえ」

玄史郎は町人言葉で返したが、

「武士であろう」

「えっ」

かすかにふり返った。

「驚き召されるな。その物腰から分かりもうす」

背後の武士が言うと、

「それがしも、さっきから町人とは思えぬ気配を、感じておりもうした」

前を行く武士もわずかにふり返り、すぐ前へ向きなおり、

「着きましたぞ」

と、角を曲がった。

果たしてそこは、あの冠木門のある往還だった。

潜《くぐ》り戸を入った。

中には内側で門番の役務についていたのか、中間が一人立っていた。さらに玄関から若い女が出てきた。矢羽根模様の着物に帯をきちりと締め、胸に懐剣

を差しているところから、役付きの腰元のように思われる。

同時に、感じ取った。

（この女性、三日前の女乗物についていた、若いほうの腰元だ）

表情にも締りがあってなかなかの容貌《きりよう》だ。それに、

（袴《はかま》をつけ薙刀《なぎなた》でも持たせりゃ、相当暴れそうな）

二人の武士を手練と感じたように、この腰元にも玄史郎は値踏みをした。

「おぉ、間違いありませぬ。この者です」

「われらもそう看做《みな》したゆえ此処《ここ》へ。もう一人は見失うた」

武士と腰元の会話に、

（角頭巾の手の者に、俺たちが逆に目をつけられていたのか）

覚《さと》らざるを得ない。

同時に、つぎの展開を待った。虎穴に入ったのだ。

さらに腰元は言った。

「なれど、手荒なまねはなりませぬぞ」

「心得ておる。さあ、そなた。町人に扮《ふん》しておるが、いずれの者か」

屋内に引き立てられると思ったところ、庭に立ったまま武士二人と腰元に囲

まれ、尋問されるかたちになった。

玄史郎は意を決した。大工の扮《こしら》えはすでに見破られている。それに角頭巾の手の者たちは、〝神隠し〟の一味ではない。

(むしろ、敵対している)

と、思われる。

玄史郎は、

「そなたら、他人《ひと》に刃《やいば》を突きつけ同道を強《し》いたるは尋常とは思えぬ。まず、名を名乗られよ。それがしは……」

武士言葉を浴びせ、おもむろに半纏《はんてん》のふところに隠し持っていた十手の朱房をちらと見せた。

「おぉ。やはり!」

「して、北町か、南町か!」

二人の武士はみょうな反応を示し、一歩引いた。〝やはり〟などとは、すでにそう睨んでいたことを意味する。それに〝北町か、南町か〟などと細かく訊くのも、奇妙ではないか。

「南町でござるが」

玄史郎は返し、つぎの反応を待った。

「えっ」

声を上げたのは腰元だった。

思わぬ展開だ。

「倫《りん》どの。このことを、早うご隠居に」

「はい。すぐに」

腰元も武士たちも〝南町〟に反応したようだ。〝倫〟と呼ばれた腰元は、慌てたように身をひるがえし玄関へ小走りに駈け込んだ。

（これは？）

事態に、玄史郎は戸惑いを感じながら、

「こちらへ」

武士の一人が玄関ではなく、庭の縁側のほうにいざなうのへ従った。

あたりには宵闇が降りかけている。

縁側の明かり取りの障子から出てくるのは、角頭巾の隠居か……。

（いったい、何者？）

屋内はすでに暗く、腰元が入るのとともに灯りが点《つ》けられたのが、障子を通してほのかに分かる。

その障子の向こうに気配が感じられ、かすかに影も映った。

「お出ましじゃ。ひかえよ」

玄史郎を左右から挟むように立った武士の一人が言い、両方そろって片膝を地についた。

「さあ。そなたも」

「なにゆえ。それがしは相手が誰だか、まだ聞いておらんぞ」

もう一人の武士が言ったのへ、玄史郎は逆らった。

障子が開いた。

さきほどの倫という腰元だった。〝ご隠居〟を先導するように、手燭《てしょく》を手にしている。

「はーっ」

両脇の武士二人は片膝立ちのまま片手を地につき、頭《こうべ》を垂れた。

職人姿の玄史郎は、手斧こそ下に置いているが、立ったままである。

腰元の倫につづいて、あの〝隠居の御前〟が縁側に出てきた。部屋でくつろいでいたか、角頭巾はとっている。

「南町の同心とな」

「はっ。十手を所持し、さように申しております」

隠居というにふさわしい、皺枯《しわが》れた声だ。その下問《かもん》に、武士の一人が地に顔を向けたまま応えた。

まだいくらか明るいなかに、倫の持った手燭の灯りが加わり、隠居の顔は目鼻の識別がつくほどに見え、しかも至近距離である。

隠居は確かめるように、立ったままの玄史郎の顔を見つめ、

「近《ちこ》う」

手招きした。

「ん？」

進み出るよりも玄史郎は、

「おぉぉ」

声を上げ、左右の武士とおなじくその場に片膝と片手を地につき、頭も垂れるなり地面に向かって、

「南町奉行所隠密廻り同心、氷室《ひむろ》玄史郎にござりまする。知らぬこととはいえ無礼の段、お許しありたく存じ上げまするっ」

畏《かしこ》まり、冠木門の外にまで聞こえるほどの声を上げた。

「ふむ。氷室であったか。覚えておるぞ。あの評判の堅物であったのう。して、いまは隠密廻りとな」

「はーっ」

隠居の御前は、一介の同心の名を覚えていてくれた。しかも〝あの評判の堅物〟と……玄史郎は顔を伏せたまま、恐縮の態《てい》となっている。

手燭の腰元倫を随え、町場の隠宅の縁側に立っている隠居……元南町奉行の岩瀬《いわせ》加賀守《かがのかみ》氏紀《うじのり》ではないか。二千五百石取りの高禄旗本である。屋敷は外濠城内の番町《ばんちょう》にあり、家紋は丸《まる》に二引《ふたつひき》であり、揚羽蝶《あげはちょう》の女紋と合わせて奉行所でわざわざ調べる必要はすでにない。

それに岩瀬氏紀は、南町奉行に就任する前は、なんと幕府中枢の勘定奉行だったのだ。

氏紀が南町奉行に就いていた五年間、玄史郎はまだ若手の定町廻り同心だった。それがいかなる宴席にも決してつらならず、どんな富豪の接待も断じて撥《は》ね返していた堅物……噂は奉行の耳にも入っていたようだ。その玄史郎が隠密廻りに転じたのは同心としての技量もさりながら、そのあたりにも原因があったようだ。あまりにも堅物なら、町場の町役《ちょうやく》たちとのつき合いもままならず、極秘で単独行動の隠密廻りのほうが合っているといったところか。

氏紀は南町奉行のあと、さらに幕府にとって重要な、大名家を取り締まる大目付を務めた能吏であり、

「——すでにご隠居あそばされ、いまは悠々自適の日々を送っておいでとか」

奉行所の同心溜りで噂に聞いたのは数年前のことだ。

その岩瀬氏紀が神田鍛冶町という町場の隠宅の縁側で、玄史郎の目の前に立っている。

「ふむ。隠密廻りか。ふむ。ふむふむ」

氏紀は得心したようにうなずき、

「それでここ数日、市井《しせい》でいう〝神隠し〟の一件を追っていたか。うーむ、これは好都合じゃ」

また自分で得心したように言い、

「これ、おまえたち。南町の隠密廻りがついておれば、もう心配はいらぬ」

「はーっ」

「御意《ぎょい》」

両脇の武士二人は顔を伏せたまま応じ、玄史郎も恐縮からまだ醒《さ》めやらず、顔を伏せている。

氏紀の懐かしい声だけが頭上を通り過ぎる。

「儂《わし》は向後《こうご》、この隠密廻りと事を進めるゆえ、おまえたちはもう番町の屋敷に戻るがよいぞ。なれど、向こうの動きは逐一、儂に知らせよ。儂からもこちらの動きは知らせるゆえ」

「はっ」

「さように致しまする」

左右の武士は顔を伏せたまま中腰になり、そのまますり足で数歩下がって腰を上げ、冠木門の潜り戸を出た。武士二人は、番町の岩瀬屋敷の家臣たちのようだ。二人の出たあと、庭の隅に控えていた中間が潜り戸の小桟《こざる》を下ろした。

「さぁて氷室よ。そこに畏《かしこ》まっていたのでは話ができぬ。玄関にまわって部屋へ上がれ」

言うと氏紀はさっさと部屋に入ってしまった。

「さあ、氷室さま」

と、中間が職人姿の玄史郎をうながした。

従う以外にない。

玄関にはすでに倫が手燭をかざし、待っていた。

三

玄史郎は部屋に上がり、岩瀬氏紀と対座している。

外は急速に暗くなり、部屋の中は二張《ふたはり》の行灯《あんどん》が、ほのかな明かりをもたらしている。

氏紀が南町奉行だったころ、玄史郎はまだ若手の同心だったから、一同そろって下知《げじ》を受けたことは幾度かあるが、一対一で対座するのはこれが初めてだ。

氏紀は胡坐《あぐら》を組み、脇息《きょうそく》に肘《ひじ》をついて楽な姿勢をとっているが、玄史郎は職人姿で端座し、背筋を伸ばしている。

部屋にはもう一人、倫が襖《ふすま》の向こうではなく、内側に端座しているのが玄史郎にはどうも気になる。自分のすぐうしろなのだ。だが玄史郎の目は緊張を帯び、氏紀を見つめている。

角頭巾の隠居が岩瀬氏紀だったことは意外であり驚きであったが、その元南町奉行がなにゆえ〝神隠し〟の一件に関わっているのか。氏紀は確かに〝向後、この隠密廻りと事を進めるゆえ〟と言った。それはまたいかなることなのか……。玄史郎の脳裡はいま、なにから訊いていいかも分からないほどに混乱している。

その緊張をほぐすように、

「どうじゃ。そなたはいかなる饗応も一切受けつけぬとの評判だったが、ここではどうかな。旨い酒もあるが。どうじゃ、一献」

「い、いえ。隠密廻りにとりましては、外にひとたび出ますれば、これすべて役務中でありますゆえ」

「うわっはっはっは。昔聞いた噂のとおりだのう」

行灯の炎が揺らぐほどに氏紀は声を上げて笑い、

「これ、お倫。そういうことじゃ。茂平《もへい》と壱助《いちすけ》に言って、酒の膳よりも、ほれ、屋敷から持って来た菓子があったろう。それを持て」

「はい」

背後の倫が返事をし、襖を開け部屋を出た。

しばし部屋に沈黙がながれたが、氏紀は笑顔のままだ。それを玄史郎はなおも見つめている。

　思えてくる。

（堅物との噂、奉行の耳にまで達していたのか）

あらためて恐縮するとともに、さきほどからの疑念がますます増大する。

すぐに倫が戻ってきて襖を開け、

「いまお持ちいたしまする」

と、また部屋に入って端座の姿勢をとった。菓子を持って来たのではない。

これから忌《い》まわしい〝神隠し〟の話をしようというのに、部屋の隅とはいえ腰元が同座しているなど、

（尋常ではない）

　玄史郎には感じられる。

（この隠宅……分からないことばかりではないか）

だが、部屋の雰囲気は氏紀の笑いもあって、なごやかなものになっている。

「お持ちいたしました」

　年寄りの声だ。

襖が開き、これが茂平というのだろう、下男の爺さんが紙の上に菓子を載せ

た盆をその場に置き、さらに若い中間が二人分の湯飲みを載せた盆を運んできて襖を閉め、下がった。この中間が壱助というのだろう。ほかに人の気配がないところから、この隠宅の住人は隠居の氏紀と老僕の茂平、若い中間の壱助の三人のみと玄史郎は推測した、お倫は番町の屋敷の腰元で、あの女乗物についていたことから、なんらかの用事で隠宅に来ているものと思われる。

そのお倫が盆を氏紀と玄史郎のあいだに置くと、

「おぉ、これは百万石の加賀さまお国の墨型落雁《すみがたらくがん》ではありませぬか！」

と、玄史郎は一膝乗り出して盆に手を伸ばそうとし、氏紀の前であることに思い至ったか、ハッとしたように手をとめた。

この子供のような仕草に、氏紀もお倫も驚いたようだ。

「どうした、玄史郎」

と、氏紀の氷室玄史郎への呼び方が、〝氷室〟から〝玄史郎〟に変わった。

「い、いいえ。落雁と申せば、加賀名物の墨型は〝百万石の落雁〟と言われ、珍重なものでありまするゆえ」

実際、そうだった。一般の落雁は歯で嚙み砕けば甘さが急激に口の中に広がるが、加賀名物の墨型落雁は嚙み砕けぬほど固く、口の中でころがしているとしだいに溶けて甘さがじわりと伝わり、そこでようやく噛み砕くことができ、ダメ押しするように甘さが口全体に広がる。江戸の市井《しせい》ではめったにお目にかかれないものだが、大目付まで務めた岩瀬氏紀であれば、加賀藩からの土産があっても不思議はない。

「ははは。好物のようだのう。さあ、遠慮はいらんぞ」

「はっ。お言葉に甘えまして」

氏紀が菓子の盆を玄史郎のほうへ押しやったのを、実際に遠慮なく一つつまんで口に入れ、

「うーん」

そのほのかな甘さにうなった。

「それよりも玄史郎。そなた、儂《わし》になにか訊きたいことがあるのではないか。儂もそなたに話したいことがあるでのう」

「は、はっ。その儀にござります」

口をもごもごさせながら玄史郎は返した。背後でくすりとお倫の笑う声が聞こえた。

「神隠し、はい。神隠しに、ござりまする。御前は、なにゆえお関わりを」

ようやく落雁を噛み砕いたか、

「お持ちでございましょうや。それに、出入りされておいでの女乗物の主《ぬし》は、どなたさまであられましょうや」

「そのことよ。それよりも玄史郎。まず足をくずせ」

「はい。ならば」

どうやら甘い菓子は、玄史郎にとっては酒とおなじで緊張をほぐす作用があるようだ。足を胡坐《あぐら》に組み替えた玄史郎に氏紀は、

「まず、儂のほうから話そう」

と、湯飲みを取り、軽く口を湿らせた。

ようやく今宵の本題に入った。

「神隠しのう、この隠宅にも市井の噂は入っておる。あれは神隠しなどではない。そなたもそう思うたゆえ、次はこの町のお千なる娘が狙われるとみて、出張ってきたのであろう。さすが隠密廻りよ。原因は分かっておるで、お千の身の上は懸念せずともよい」

さらに、

「そなたをここへ引いたは、数日前から姿を見かけるも、神隠しの一統でもな

いようすにて、正体を見極める必要を感じたからじゃ。二人組のようじゃったが、まず武士の変装と思われるそなたのほうをな。許せ、玄史郎」

「はーっ」

玄史郎は返した。やはり見張られていたのだ。どうりで背に刃物を突きつけられたものの、殺意はむろん敵意もさほど感じなかったはずだ。

そこは納得したものの、

「なれど、ご隠居」

落雁が効いたか、玄史郎も氏紀への称《よ》び方が〝御前〟から〝ご隠居〟に変わっていた。

お千は拐かされたのだ。胡坐のまま盆の上にまで玄史郎は身を乗り出し、

「いまごろ、あの娘は」

「これまでの八人とおなじじゃ」

「えっ」

玄史郎は問い返すように氏紀を凝視した。町奉行所が掌握しているのは六人だ。あと二人、おもてにならなかったのがあるのか。町奉行所よりも、氏紀のほうが事件の奥を知っているようだ。

氏紀はつづけた。

「お千も数日で帰って来よう。最も近いのは高輪の八百屋の娘で、確か……」

「お糸《いと》と申しました」

背後からお倫が答えた。お倫もさして心配した口ぶりではなかった。二人とも、いまのお千のようすが的確に分かっているようだ。それでいて氏紀にもお倫にも、緊迫したようすが見られないのはどうしたことか。玄史郎は首をかしげざるを得なかった。

氏紀にうながされ、お倫が端座のまま一膝前にすり出た。

実際、二人とも手の平を見るごとく、いまのお千のようすが分かっていた。それはまた、いま名が出たお糸のくり返しであった。

高輪の八百屋の娘で、下膨れの愛らしい顔のお糸が〝神隠し〟に遭ったのは、年の瀬が迫った、寒い日のことだった。

きょう弥八が見たのとおなじような手口でお糸は女乗物に乗せられ、気がついたときには、いずれかの屋敷の奥に寝かされていた。丁寧に扱われたようで、着物にも帯にも乱れはまったくなく、しかもやわらかい蒲団《ふとん》の上だった。

部屋にはほのかに行灯の灯りがある。外はすでに深夜のようだった。

「――ここは！」

お糸は跳ね起きた。

「――おぉ、お目覚めか」

「――えっ」

見ると、枕元に老女が一人、端座している。小袖《こそで》に打掛《うちかけ》をつけた、いかにも高貴な感じがする、品のいい老女だ。

「――ええぇ！」

「――これ、薬湯を持ちゃれ」

狼狽するお糸をよそに、老女は襖の向こうに声をかけた。

即座に返事があり、待つほどもなく衣《きぬ》ずれの音とともに襖が開き、矢羽根模様の着物を着た腰元が盆を捧げ持ち、部屋に入ってきた。

言われるまま、お糸は飲んだ。

落ち着かなかった気持ちが、なにやら鎮まったような気がした。どうやら気を鎮める薬湯だったようだ。

そのあと、腰元の手燭に案内されるまま長い廊下を幾度か曲がり、湯殿に連れて行かれた。かなり大きな屋敷で、風呂まである家など、お糸には初めての体験である。

「――湯を浴びなされ」

着物を脱ぐのを腰元が手伝う。

ほどよい湯加減で、上がると着てきた木綿《もめん》の着物も帯もしまわれ、真新しい腰巻に長襦袢《ながじゅばん》に、若々しい絹の着物が用意されていた。

また腰元が手伝い、着ると元の部屋に戻され、簡単な夜食の膳が用意されており、ここでも別の腰元がつき添い、終わるとふたたび老女が出てきて、

「――なにも案ずることはない。今宵はゆっくりと休みなされ」

お糸はただただ屋敷の雰囲気に呑まれ、茫然と言われるままになり〝お父《とっ》つあんは！　おっ母《か》さんは！〟と騒ぐ気も萎《な》えていた。

絹の蒲団に、その夜は眠った。

翌朝起きると、すでに外は明るくなっていた。

「――お目覚めか」

と、また矢羽根模様の腰元が身のまわりの世話をし、朝餉《あさげ》も据え膳に上げ膳だった。

終えると髷を結い直し、これまで手にしたこともない細工物の簪《かんざし》で飾られ、さらに明かり取りの障子が開けられた。あっとお糸は息を呑んだ。手入れの行きとどいた、池も築山《つきやま》もある庭園が広がっているではないか。そこからも屋敷の広大さが偲《しの》ばれる。

また昨夜の打掛の老女が若い腰元を随えて出てきた。

「――さて、散歩のお時間ですぞ」

と、老女とは違ったきらびやかな打掛を着せられた。

縁側から、庭に下りた。真新しい白足袋《しろたび》に草履《ぞうり》も美しく高価そうなもので、庭園の散策には三人もの腰元が案内するように随った。

(――えっ、なに、なに。これ!?　あたし、お姫さまみたい)

混乱よりも、お糸は夢心地になった。

築山を背に池の鯉を見ながら、高輪の町場とはまったく雰囲気のことなる、朝の清澄な空気のなかに歩を進めた。その姿は〝お姫さまみたい〟ではなく、お姫さまそのものであった。

庭園のお糸を、廊下から侍女らにかしずかれ凝《じ》っと見つめている老女がいた。打掛もきらびやかで、なにかとお糸を差配している老女も、すぐその横に侍《はべ》っていた。

きらびやかな打掛の老女は、庭を散策する〝姫〟の姿に、

「――おう、おう」

と、上機嫌にうなずいていた。

そのような散策が、午後にも一度あった。

それ以外の時間は、腰元が双六や歌留多《かるた》の遊びの相手をした。

時のたつのも忘れて一日を終え、翌日もまたそれがつづいた。

お糸は廊下から自分を見つめる視線に気づき、お姫さまらしく軽く辞儀をした。きらびやかな打掛の老女が、微笑みを返したのをお糸は感じた。

三日目になればさすがにお糸は、

『――ここはどこですか。いったいこれは？』

打掛の老女や腰元に訊こうとしたが、言葉を呑み込んだ。訊くのが恐ろしかったのだ。訊けば、なにやらこの夢のような境遇が、

（――煙のように消えてしまう）

その恐怖に怯《おび》えたのだ。

四日目だった。朝の散歩のとき、ふたたびお糸は辞儀をした。

（——あれ？）

お糸は感じた。

微笑み返しがないのだ。そればかりか、つつときらびやかな打掛の老女は廊下から奥に消え、侍女らもそれに随った。

五日目だった。

お糸はふたたび来たときの女乗物に乗せられ、目隠しをされた。駕籠はどこをどう進んだか分からない。

「——出なされ」

言われるまま駕籠から出ると、そこは逢魔時の、拐かされた元の高輪の裏道の一角だった。簪も打掛もなく、着ているものも拐かされたときの、八百屋の娘の着物だった。二人の武士のほかに、屋敷で見慣れた腰元が一人つき添っていた。最初に声をかけてきた、あの腰元だった。懐紙に包んだ一両小判を一枚、そっとお糸のたもとに入れ、

「——夢であったと思い、すべて忘れなされ。他言は無用ぞ」

言うと女乗物は動きだし、角を曲がって見えなくなった。

「——お糸ちゃん！　お糸ちゃんじゃないの」

町内のおかみさんが、茫然と立っているお糸を見つけ、走り寄って来た。

四

神田鍛冶町二丁目の隠宅である。

「どこの、どこのお屋敷でございますか。それに、なにゆえさような手の込んだことを！」

目の前に好物の落雁があるのも忘れ、玄史郎はお倫の語り終わるのを待っていたように、一膝氏紀に詰め寄った。落雁を載せた盆が膝に当たった。

「訊くな」

「なれど、五日、六日といえど、拐かしには違いありませぬ。許せぬことですぞ、ご隠居！」

「堅物のそなたゆえ、このままでは得心すまいのう」

「無論でございます」

「愛宕下《あたごした》の大名小路とだけ、言っておこうか」

「うっ」

玄史郎はうめき声を上げ、前にかたむけていた上体を起こし、膝の前の落雁をまた一つ口に入れ、舌に広がる甘さに落ち着きを取り戻した。

愛宕下の大名小路といえば、江戸城の南側になる外濠の幸橋《さいわいばし》御門を出たところから、増上寺《ぞうじょうじ》に至るまでのあいだに広がる武家地で、大名屋敷や高禄旗本の屋敷がならび、そこに走る白壁にはさまれた広いまっすぐな往還を指す。

お千を乗せた駕籠は、その一角に消えた。

(町方の手の届かぬ所に)

氏紀は言っているのだ。

さらに相手が大名家であれば、いかに手証をそろえたところで、手の出しようがない。それよりも、逆に女乗物を尾けた弥八の身が危ない。尾行を覚られ無礼討ちにされても、大名小路では正面から手は出せない。

岩瀬氏紀は、いまは隠居とはいえ大名家を取り締まる大目付だった。

(なにか手はあるはず。だから関わっている)

玄史郎は推測した。

「ご隠居。屋敷はやがて判りますぞ」

と、岡っ引が尾けたことを話した。

「なんと！」

氏紀は慌てたように返し、玄史郎は岡っ引がその知らせを持って、

「すでに八丁堀の組屋敷に走っているかもしれませぬ」

「お倫、壱助に言って留市《とめいち》をここへ」

「はい」

背後のお倫が返事とともに座を立ち、またすぐ部屋に戻ってきて、玄史郎の背後に端座した。話をすべて背後で聞いているのだから、やはり玄史郎にはどうも気になる存在だ。

それよりも〝神隠し〟の一件である。疑問は増えるばかりだ。相手が岩瀬氏紀とはいえ、玄史郎は強い口調をつくった。

「拐かされた町娘が無事に帰って来るとしても、理由《わけ》も分からず、また起こり得るのでございますか。さようなことは許されませぬぞ」

「分かっておる。だから儂は隠居しても落ち着けず、せっつかれて動いておるのじゃ」

また解らぬことが出てきた。せっつかれて動いて……誰にせっつかれ、どのように動いているのか。

背後で、お倫がくすりと笑ったのが感じられた。そのお倫のようすも、解せない。

氏紀はさきほどの言葉につづけた。

「そこへ出てきたのが、隠密廻りになった堅物のそなたであったということじゃ」

氏紀が動いて玄史郎が出てきた……ますます解らない。

話しているところへ襖の向こうに気配が立ち、

「へい、御前。留市にございます。なんですかい、こんな時分にお呼びとは」

声が聞こえ、内からお倫が襖を開けた。

弥八と年恰好の似た男が窮屈そうに端座の姿勢をとっていた。職人姿でそれが地についており、弥八と違うところといえば、人の良さそうな顔で、玄史郎には好感が持てた。

留市は、部屋の中で自分とおなじ職人姿があるじの氏紀と対座しているのを見て、いくらか驚いたような表情になり、

「そちらは？」

と、直接問いを入れた。相当に親しくこの隠宅に出入りしているようだ。

「この者は南町の隠密廻りで、氷室玄史郎というてな」

奉行所の隠密廻りと聞いても、留市なる人の良さそうな職人姿は驚かなかった。それもそうだろう。それらを束ねていた元南町奉行の隠宅に親しく出入りしているのだ。

話は玄史郎の意思に関係なく、また理由《わけ》の解らないまま進んでしまった。留市がこれから八丁堀に走り、岡っ引の弥八が氷室屋敷に戻ってくれば、そのまま鍛冶町二丁目の隠宅に来るように告げるのだ。

「へい。行って参《めえ》りやす」

動作も機敏なようだ。腰を上げたかと思うと、もうその場にいなかった。これからぶら提灯を片手に、八丁堀まで往復するのだろう。あの機敏さなら、弥八も含めて町々の木戸の閉まる夜四ツ（およそ午後十時）には戻って来られそうだ。

（ということは、俺は今夜、帰れぬということではないか）

思うと同時に、

（ご隠居はなぜにかくも早急に事を進められるのか。これが〝動いておる〟ということなのか）

脳裡にめぐらせると、内側から襖を閉めたお倫が、

「ご隠居さま。大名小路まで尾けた岡っ引をここへ呼ぶのもおよろしいが、お千のご両親はいまごろ心配の淵《ふち》に立たされておりましょう。氷室さまにお願いし、安堵の手を打つべきかと」

（おぉっ）

お倫の言葉に、玄史郎は内心うなった。本来なら町方である自分が言うべきことだったのだ。武家地育ちの者なら、思い至らぬところだ。なんと気が利く腰元かと感じ入ると同時に、

（この者、町場の出か）

思えてくる。

「そうじゃのう。玄史郎」

「はっ」

氏紀はお倫の進言を容れた。腰元があるじに意見するなど、武家屋敷にあってはあり得ないことだが、ここは隠宅だからか。いずれ氏紀の心の広さを物語っていようか。

氏紀は脇息にもたれたまま、

「そなた。さようにしてまいれ」

「さようにと申されても、いかように」

「なにを言っておる」

氏紀は脇息から身を起こした。

「お倫の申したとおりじゃ。それを講ずるも、町方の大事な役務と心得よ」

「ははーっ」

玄史郎は平伏した。そのとおりである。事件を追うのばかりが町方ではないのだ。

恐縮の思いでふところの十手を手で確かめ、座を立った玄史郎に、

「玄史郎さま。これを」

玄関でお倫が、火を入れたぶら提灯をそっと渡した。

「うむ」

玄史郎は受け取り、急いだ。

おなじ町内で、すぐ近くだ。

案の定だった。角を曲がると、お千の小間物屋は開いていた。むろん、商いではない。雨戸を閉めず、灯りが往還にまでながれ、人の出入りがある。

玄史郎ははたと考え、角に身を引いた。

きびすを返し、隠宅の裏手の往還にある自身番に向かった。

お千の両親は取り乱していよう。そこへ十手を見せ、前例を話し、

『安堵せよ』

などと言っても、とうてい納得するものではない。理由を聞かれても、説明できない。

自身番は町が運営し、町内の地主や大店《おおだな》のあるじなどで構成される町役《ちょうやく》と、町に雇用された年寄りなどの書役《かきやく》たちが昼夜輪番で詰め、差配は町奉行所である。そこでの十手は絶対であり、定町廻りはこれら町々の自身番を廻ることでもあるのだ。

隠密廻りの玄史郎に理はある。こたびの〝神隠し〟の一件は、奉行から直々《じきじき》に処理せよと下知されているのだ。

自身番は終夜、灯りの絶えることはない。

腰高障子の戸を開け、広い土間に入るなり朱房の十手を見せ、

「町役、書役、それぞれそろうておるか」

声を浴びせた。

町役三人に書役一人が詰めていた。

職人姿が十手を見せたことに一同は驚くと同時に、なにやら火急のことと端座の姿勢をとった。玄史郎は土間に立ったまま、

「町内の小間物屋が騒がしいようだが、拐かしではないのか」

問いを入れたのへ町役の一人が、

「はい。訴えはまだですが、今宵娘のお千が帰って来なければ、明日にでもお奉行所へ……」

まだ奉行所に知らせていなかったのはさいわいだった。玄史郎は隠密廻りであることを名乗り、

「すでに探索の手を出しておるゆえ、奉行所に走らずともよい」

「えぇえ！　どこでお知りなされた」

「それよ」

玄史郎はくだけた口調をつくり、

「訊くな。隠密廻りの故《ゆえ》と思うてくれ。だからこういう形《なり》をしておる」

十手で腰切半纏の胸を叩き、

「ともかくだ、四、五日もすりゃあ、お千はかならず無事に戻ってくる。そな

たら一同、安堵していてよいぞ。俺とのつなぎは、ほれ。ここの裏手に冠木門の隠宅があろう。そこへ俺の名を告げると、すぐ奉行所へ伝わるようにしてある。ともかくそなたら、拐かしだ神隠しだなどと騒いだりせぬように」

自身番の一同はみょうに得心したような表情になった。隠宅については、岩瀬氏紀という名も知らなければ、かつての役職も知らないようだ。ただ、武士や腰元を随えた豪勢な権門駕籠が出入りしているのは見ている。

――いずれ身分あるお武家のご隠居
との認識はあるようだった。それがむしろ権威づけとなり、

「はーっ。さようにいたしまする」

一同はそろって畳に手をついた。

「いま、お茶を出しまするゆえ」

町役たちの言うのを玄史郎は辞退し、早々に自身番を引き揚げた。部屋に座し、お千が無事に帰って来る理由を訊かれたりすれば困る。町役たちの最も訊きたいところも、そこにあるはずだ。

町役も書役も、見送りのため外まで出てきた。職人姿の玄史郎は左手にぶら提灯を持ち、右手の十手で肩を叩きながら悠然と引き揚げた。

角を曲がり、

「ふーっ」

大きく息をついた。

（いまはこれしかできねえ）

そのことが、玄史郎には悔しかった。

冠木門の潜り戸は開いていた。

玄関にはお倫が手燭を持って待っていた。

「思ったより早かったではないか」

ふたたび部屋で胡坐居《あぐらい》での対座になると、氏紀は待っていたように言った。

玄史郎が、直接お千の両親には会わず、自身番に行って町役たちに話したことを説明すると、

「ほう。そうであったか。町役たちに騒ぎ立てするなと下知《げじ》したるは重畳《ちょうじょう》。ここをつなぎの場にしたのはいささか困るが、まあこの際じゃ。それもよかろう。ともかく騒ぎの広がるのを押さえたは、さすがに筒井政憲どのが指名した隠密廻りだけのことはある」

氏紀は言い、相好をくずした。町の者が総出でお千の探索に走り、騒ぎにな

るのを、氏紀は案じていたようだ。

「なれど、ご隠居。聞かせてもらいますぞ。いかな大名家といえど、つぎつぎと年若い町娘を拐かすなど、気まぐれからとは思えませぬ。いかな理由があってのことでございましょうや」

「そうだろうのう。そなたはもう、一歩も引かぬようじゃ。これ、お倫。そなたはこの件においてはお目付け役じゃ。隅に控えておったのでは、まるで物見《ものみ》に来ているようで落ち着かぬ。さあ、膝を前に進めよ」

（お倫がお目付け役？　いずれの？）

また氏紀は奇妙なことを言った。

「まあ、ご隠居さまったら」

お倫は軽く手を口にあて、膝を前に進め、三人は鼎座《ていざ》のかたちになった。隠密廻りとはいえ職人姿で、さらにそこへ矢羽根模様の腰元が同座するなど、氏紀が隠居しておらねば想像もできない光景だ。それにまた、こうしたかたちになるのは、氏紀のおおらかさを物語っていようか。顔立ちも、かつての切れ者といった印象から好々爺《こうこうや》の表情に変わっている。

「うおっほん」

氏紀は大きく咳払いをした。これからすべてを話す算段のようだ。

五

さすがは元南町奉行であったうえに、大目付でもあったと言えようか、

「町場の噂も大名家のようすも、早うから入っておってのう」

氏紀は言う。

町場で十五、六歳の娘が消え、それが数日でまた元の町角に戻り、それが連続しているとあっては、番町の岩瀬屋敷でははたと感じるものがあった。屋敷では秘かに用人や若党《わかとう》、中間らを町場に出し、噂を集めた。

果たして岩瀬屋敷が懸念したとおり、消えた娘たちがいずれ下膨れの愛くるしい顔立ちばかりであった。

「――もう、間違いない」

岩瀬屋敷で断ずる者がいた。

「そこで儂がせっつかれてのう。これ、お倫。あとはそなたがつづけよ」

「はい」

氏紀はお倫に話を振り、お倫は返事とともに話しはじめた。三人は三《み》つ鼎《がなえ》に座っており、話しやすい。

「奥の紀江《のりえ》さまが愛宕下のお屋敷へ目串《めぐし》を刺され、確かめに参られました。わたくしもそのとき、お供いたしました。紀江さまのお目に、狂いはありませんでした。爾来《じらい》、紀江さまはお悩みになり、幾度か愛宕下へ出向かれ、その都度わたくしもお供を仰《おお》せつかっておりました。なれど、一向に埒《らち》は明かず。一方〝神隠し〟の噂は市井に広まりはじめ、そこで紀江さまはこのご隠居さまのご隠宅にお駕籠をお向けになり……」

「待たれよ」

玄史郎はお倫の言葉をさえぎった。氏紀に対してではなく、お倫に向かってだから問いやすい。

「その紀江さまと申されるは、いずれのお方でしょうか。そなたがお供をし、ここにもおいでになられていた、あの権門駕籠のお方でしょうか」

「それは」

お倫がいくらか返答につまり、応えようとすると、

「あははは。儂の姉じゃよ」

氏紀が割って入るように応えた。

「えっ」

驚く玄史郎に氏紀はつづけた。

「口うるさい女でのう。儂より五歳も年上で、幼少のころからうるさかった。早くに母を亡くしたものじゃから、儂に対して母親気取りになりおってなあ」

(似ている)

聞きながら、玄史郎は思った。玄史郎の姉の千鶴《ちず》も、そうだったのだ。

さらに氏紀は言った。

「だから姉上が他家に嫁《とつ》いで家を出たときには、ほっとしたものじゃった。ところが数年で戻ってきてのう。子のないまま夫と死別じゃ」

「そのこと、わたくしも紀江さまから聞きました」

お倫がつないだ。

「婚家の家督はお部屋住《へやずみ》だったご次男さまが継がれ、紀江さまはその家の先ざきをお思いになり、実家の岩瀬家に戻られたのです」

お倫が岩瀬家へ奉公に上がる、ずっと前の話のようだ。

「儂にすれば、あはは。もとの木阿弥じゃ。実家に帰ってきてから、姉上は疾《と》うに死んだ母上の女紋を継いでのう、そのようにふるまうのよ」

「あぁ、あの女乗物についていた揚羽蝶でございますか」

「ほう、確かめておったか。さすがよ」

氏紀は苦笑した。家紋が家の権威の象徴なら、女紋はその家においての女の存在の象徴となる。

「あはは。儂は外でこそ勘定奉行だ、南町奉行だ、大目付だと言われてきたが、家にあっては姉がご当主さまよ。実際、しっかりしておったでのう」

「はい。しっかりしておいでございます」

またお倫が口を入れた。

氏紀は苦笑し、

「それで儂は、大目付を退いたのを機に、ここに隠宅を構えたのよ。山紫水明《さんしすいめい》の地より、町場のほうが諸人《もろびと》の息吹《いぶき》が感じられ、儂も生きている気分に浸れるでのう」

なるほど隠宅を構える場にも、人それぞれの性格があらわれるようだ。

「ところがじゃ。ここにまで押しかけて来てのう、なにかと口を出すのよ」

(そっくりだ。俺の姉の千鶴と)

ますます思えてくる。それが同時に、氏紀への親近感ともなっていった。

氏紀はなおもつづけた。

「市井に〝神隠し〟が広まりかけてからじゃ。姉上はまたここに来てのう。お倫も一緒じゃった」

「はい」

お倫は肯是《こうぜ》の返事を入れ、そのまま言葉をつづけた。

「そのときでございました。すぐこの近くで、面《おもて》が下膨れの愛くるしい町娘を見かけたのです」

「さよう。それがきっかけとなった。番町の家臣らがここを詰所にして、その娘が町内の小間物屋のお千という名であることも、三味線の稽古に通っていることも突きとめてのう。それで儂はうるさくせっつかれ……」

「申しわけございませぬ。最初に気づいてお駕籠の紀江さまにお知らせしたのは、わたくしでございます。さようなことさえしなければ……」

「あはは。供の途中で下膨れの町娘に気づいたはさすがよ。そなたの手柄ぞ。その前から儂は姉上にせっつかれ、南町奉行の筒井政憲どのにここへ来てもらい、ちょいと耳打ちをしてのう。それでそのお鉢がそなたにまわって来たということじゃ」

「いまいち、よく呑み込めませぬが」

女乗物の主が誰であるかは分かった。だが、肝心なところが判らない。

「そうであろう。それについてはのう、愛宕下に屋敷を置く、さる大名家の年老いた後室《こうしつ》にまつわる話とだけ言っておこうか。そのご後室は儂より年行《としゆ》きを重ね、そう、姉の紀江と同い年ということで、二人は親交があり、互いに行き来しておったのじゃ。それが、もう幾年も前からであろうか。ここからはお倫、そなたのほうが詳しかろう。実際にその目で見てきたのじゃから」

「はい」

また氏紀が話を振ったのへお倫は応じ、

「五年ほど前からだと記憶しております」

話しはじめた。

その大名家の後室は、とっくに嫡子があとを継ぎ、孫も幾人かでき、お家は安泰で悠々自適の日々を送っていた。だが、齢《よわい》六十を重ねたころからだった。紀江は権門の女乗物を仕立て、その後室を愛宕下の屋敷に訪ねた。お茶を飲みながらよもやま話をし、時を過ごすのだ。二人の老女にとって、それは楽しいものだった。むろん大名家と高禄旗本の家柄であるから、二人が話しているあいだも、すぐ背後に双方の侍女が控えている。お倫は紀江のお気に入りで、常にお供をしていたという。

「ところがでございます。お二人の話が弾んでいる最中に、お屋敷のご後室さまが不意に……」

お倫は言葉を切って一息入れ、氏紀にうながされ、ふたたび話しはじめた。

「――ところで、そなたは誰じゃったかのう」

不意に後室が紀江に言ったのだ。

紀江は驚いた。

「わたくしも、驚きました」

お倫は言う。

そのときはすぐ屋敷方の侍女たちが膝立ちになって膝行《しっこう》し、

「――ご後室さまにはお疲れのごようすなれば」

と、両脇から抱えるように奥へいざなった。

紀江は心配になり、それからもときおり愛宕下に女乗物を仕立てた。

正常なときもあれば、最初から紀江が誰であるか判らないときもあった。

お倫が屋敷の腰元たちから聞いたところによれば、後室は屋敷内や庭を徘徊することがよくあり、廊下で出会って驚く上臈《じょうろう》や側近の家臣らに〝そなたは誰じゃ〟と、問いかけるありさまだという。

それが年々頻繁になり、去年あたりから孫姫と会っているときだけが正常を保っているという状態になった。むろん医者にも診《み》せた。だが、癒《いや》せる方途はなかった。ただ一人、孫姫だけが癒せるのだった。

「その孫姫さまは、わたくしも存じております」

お倫は言った。

「下膨れのご面相にて、それはそれは愛くるしく」

「なんだって」

玄史郎はお倫のほうへ身をよじった。話は見えはじめた。

お倫はなおもつづけた。

「その孫姫さまが、半年ほど前でございます。はやり病でご逝去《せいきょ》あそばされました。享年十五歳であらせられました」

案の定だった。

葬儀が終わってから幾日もたたぬうちに、後室は孫姫の名を呼び、屋敷内を激しく徘徊するようになった。

そこで屋敷の奥を仕切る上臈と家老が鳩首《きゅうしゅ》し考えついたのが、死んだ姫に似た町娘を替え玉に……。

「ですが、やり方がまずうございました。紀江さまもお怒りになり」

お倫も批判的な口調になった。

拐かした娘を姫に仕立て、庭を散歩させる。

それを縁側から後室がながめ、

「——おうおう、姫よ」

と、ご満悦になる。奥女中と上席の家臣たちもホッと胸を撫で下ろした。

だが、後室は二日目か三日目には首をひねり、四日目ごろには、

「——違う。あれは姫ではない」

と、声を荒げるようになり、そこでまた家臣たちが町場に走り、下膨れの娘を捜し……、

「それのくり返しとなったのでございます」

部屋にはしばし、重苦しい空気がながれた。

理不尽であるばかりか、危険だ。もし町方が事件を突きとめ、柳営の大目付

に報告が行ったならどうなるか。大名家が町場で町娘を拐かしている。たとえ数日で帰していたとしても、当主は評定所で糾弾され、きつい沙汰が下りることは必至だ。加えて町場のかわら版はここぞとばかりに書き立て、愛宕下の大名小路には見物の衆が押し寄せるだろう。

さらに大名家ご後室の〝病《やまい》〟も天下にさらされる。世にそうした病への知識はない。

——血筋じゃ

——あの屋敷から、また出るぞ

その大名家は好奇の目で見られ、血筋の存続に支障が出るかもしれない。

「ご後室さまを思えど、手法がよくありませぬ……と、紀江さまは語気を強めておいでてございました」

お倫の説明に、氏紀はうなずいていた。

その大名家が後室と紀江との縁を頼って依頼したのか、あるいは紀江の世話好きからか義俠心《ぎきょうしん》か、

「おもてにならぬうちに、町方の動きをなんとか止め、解決の時間を稼いでくれ……と、儂が姉上にせっつかれてのう」

氏紀がお倫の言葉を引き取るように言った。

なるほど、だから奉行の直々《じきじき》の沙汰により、定町廻り同心から隠密廻り同心に役務がふり替えられたのだ。

玄史郎は、胸の痞《つか》えが音を立てておりるのを感じた。

しかし、それでいいはずはない。

「だから今宵、お千さんを乗せた駕籠が愛宕下のお屋敷に入るのを確認すると、明日にも紀江さまが赴かれ、お屋敷の上臈さまとお会いなされてきつく意見し、お千さんを連れ戻す談判をする算段です」

「さようでござったか」

玄史郎はお倫に返した。だが、内心はおもしろくなかった。岩瀬家の家臣もあの小振りな女乗物を尾けていたことになる。

お倫はさらに言った。

「かようなときに、玄史郎さまがここへおいでになり、しかも南町奉行所の隠密廻り同心であられたこと、ほんとうにようございました」

「ううっ」

玄史郎はうめきを禁じ得なかった。おいでになったのではない。連れて来られたのだ。

「あははは、玄史郎よ。こたびは南町奉行の筒井どのといいそなたといい、思いのほか好ましい状況をつくってくれた。さきほどそなたがこの町の自身番へ、騒ぎにならぬよう手配したことも含めてのう。明日になれば姉上の動きに合わせ、儂も動かねばならぬ。ほれ、さっきお倫を目付け役と言ったろう」

「はあ」

「つまりお倫は、姉上の間者《かんじゃ》でのう。儂が姉上の指図どおり動くかどうか、物見にこの隠宅に来ておるのよ」

「また、ご隠居さまったら」

愉快そうに話す氏紀とお倫のようすに、

（ううっ）

玄史郎は内心うめいた。果たして事態は、一介の町奉行所の同心では如何《いかん》ともしがたいところで動いていたのだ。さきほど自身番をあとにしたときの悔しさよりも、別種の悔しさが込み上げてきた。

だが、悪い気はしなかった。

巷間《こうかん》にいう〝神隠し〟は、大名家の理不尽な横暴には違いない。だが、自制はしている。それに対する紀江の動きも、決して悪いものではない。

氏紀も、玄史郎をなだめるように、

「まっこと、そなたが出てきてくれたおかげで、助かっておるぞ」

言った。〝助かった〟ではなく、〝助かっておる〟なのだ。〝神隠し〟の真相が判明したからといって、一件落着したわけではない。むしろ、これからなのだ。

六

「旦那さま。そろそろ木戸の閉まる時分ですじゃ。おもての潜り戸、まだ開けておきますか」

暗い庭のほうから中間の壱助が、縁側越しに声を入れた。雨戸はまだ閉めていない。

ついさっきまで、お千の両親が町役のとめるのを肯《き》かず、小桟《こざる》の下りていない潜り戸から駈け込み、

「――お千はどこへ、どこへ行ったのでございますかあっ」

「——ほんとうに無事に、無事に帰って来るのですかあっ」

叫ぶのへ玄史郎とお倫が庭に出て対応していた。

「——いま、いま戻してくだされっ」

「——料簡せい。世の中には、町方にも手は出せぬことがあるくらい、おめえらも分かっていようが」

「——だったら、いつ、いつ戻ってくるのですかあっ」

夫婦が交互に言うのへ、

「——あしただ。きっと」

玄史郎は言ってしまった。紀江があした大名小路へ乗り込むのへ、つい期待を確信へと膨らませてしまったのだ。

お千の両親は、追いかけて来た町役が、無理やりに連れ帰った。

その庭先から、中間の壱助が声を入れたのだ。木戸が閉まれば、町から町への動きができなくなる。

お倫が立ち、縁側に出た。

「まだ小桟は降ろさず、開けておいてください」

「へい」

壱助は応えると同時に、

「あっ。戻ってきたようです」

縁側から冠木門のほうへ顔を向けた。

潜り戸が外から押し開けられ、

「へいっ、御前。ただいま戻ってめえりやした」

「なんですかい、旦那。こちらでなにかありましたのかい」

職人姿の留市が息せき切って庭に立ち、つづいて、岡っ引の弥八もおなじ職人姿で庭に立った。道具箱を担いでいる。

「おぉう、弥八。気が利くなあ」

玄史郎はお倫の開けた障子をさらに押し開けた。

それらの声に、夜四ツ（およそ午後十時）を告げる鐘の音が重なった。

春先で夜はいくらか冷え込むが、二人ともうっすらと汗をかいている。

縁側は部屋の行灯の灯りと空からの月明かりに照らされている。そこへ胡坐を組み、老僕の茂平が出したお茶を一気に干した。捕物道具の入った道具箱を交互に担いで来たのだろう。留市の担ぎようは弥八が感心するほど堂に入ったもので、本物の職人のようだった。

「二人とも、夜道をご苦労だった。で、弥八と申したのう。首尾はどうであった」

「えっ」

隠居の氏紀から声をかけられたことに弥八は戸惑い、玄史郎がうなずくのを見て語りはじめた。

「へい。尾けてめえりやした。それがなんと愛宕下の大名小路じゃござんせんか。どなたさまの屋敷かは知りやせんが、場所は確かめておりやす。あしたにでも行って確認しやしょうかい」

「うむ。弥八、ご苦労だった。だがな、もう大方の調べはついた。その屋敷にあの女乗物の一行が無事に入ったことさえ確かめられれば、向後はこちらのご隠居にお任せすることになってのう。いま、その算段をしていたのよ」

「えぇえ」

弥八は声を上げた。無理もない。〝神隠し〟の巣窟を突きとめたところで、探索打ち切り……。だが町方の岡っ引だけあって、市井には如何ともしがたい世界のあることを、他人《ひと》よりは痛切に知っている。とくに場所が、愛宕下の大名小路とあってはなおさらだ。しかし、訊くべきことは訊いた。

「お千はどうなりますので。親はきっと心配のあまり、いまも捜しているかもしれやせんぜ」

「それならさきほどな、町役と一緒にここへ来た」

「えぇ？　いってえ、どうなっているんですかい」

さらに解せぬ表情になった弥八に氏紀が、

「そのほう、玄史郎から聞いておる。よく働いてくれた。きょうはもう遅い。今宵は留市、弥八をおまえの部屋に泊めてやれ。あしたの朝、またここへ二人で来るがよい。朝餉の用意をしておこう」

「ありがてえ」

返したのは留市で、

「さあ、すぐ近くだ。弥八さん、行きやしょう」

「お、おう」

うながされ、弥八は理由《わけ》の分からないまま腰を上げ、上がったときと同様、また縁側から庭に下り、解せぬ表情のまま留市の持つぶら提灯の灯りを頼りに潜り戸を出た。

隠宅から、ようやく灯りは消えた。あとは、あしたの紀江の働きを待つのみである。

留市の長屋ではまだ灯りは消えていなかった。留市の言ったとおり、おなじ町内ですぐ近くだった。

「おう。あの隠居の御前かい。この町に越しておいでたのは、もう五年も前《めえ》になろうかなあ」

掻巻《かいまき》にくるまって、弥八に訊かれるまま言っていた。五年前といえば、ちょうど玄史郎が定町廻りから隠密廻りへ役替えになったころだ。

「俺はよう、半分遊び人で、半分職人さんよ。岡っ引のあんたに話すのは、いささか気が引けるが……」

日ごろは仕事もするが、あちこちで小博打《こばくち》も打っているようだ。

本職は建具師だった。

隠宅の繕《つくろ》い普請《ぶしん》を請け負って、氏紀に気に入られたようだ。

「以来、御前の御用聞きよ。それできょうも呼び出され、八丁堀まで走ったって寸法さ。こんどの事件？　そんなの俺が知るもんかい。あの御前の御用聞きをしているとよ、それだけで世のため人のためになってらあ。小博打？　あはは。人には息抜きってえもんが必要だろが。それを取り締まるたあ、野暮っ

いた。

「へん。俺がそんなドジ踏むかい」

歳が似かよっており、悪態をつきあいながらも二人とも町衆で、息は合って

「こきやがれ。度を越しやがったら、俺がふん縛ってやるからなあ」

てもんだぜ」

その長屋の部屋からも、灯りは消えた。

あくる日、太陽が昇ったばかりの時分だった。きのうとおなじ股引に腰切半纏を三尺帯で決めた職人姿で、

「へいっ。お早うございやす」

すでに開かれていた隠宅の冠木門を弥八と留市はくぐった。

昨夜、

「――柱をおっ立てたのは大工《でえく》だが、潜り戸つきの扉を組んだのは俺だぜ」

留市は言っていた。なるほど狂いのない、きちりとした仕事だ。

「おう、来たか。早く奥で腹ごしらえをしろ。さっきから用意はできておる」

「えっ。これから、まだなにかありますので？」

庭に出ていた玄史郎に言われ、二人は残っていた眠気を一気に吹き払った。

庭にいるのは玄史郎だけではなかった。町内の住人が……お千の両親だ。日の出と同時に来ていた。

「きょう、ほんとうにきょう、戻って来るのですねえっ」

「探索、あたしらもっ」

玄史郎に詰め寄るのを、また町役が追いかけてきてなだめていた。二人とも髷は乱れ、鬢《びん》のほつれは目立ち、昨夜一睡もしていないのが、やつれた表情からも看《み》て取れる。

部屋には氏紀と老僕の茂平との二人だけで、お倫はすでにいなかった。日の出前に町駕籠を呼び、中間の壱助を供に番町の岩瀬屋敷に戻ったのだ。これからの一日、紀江との連絡を密にしなければならない。そのつなぎ役として、お倫は帰ったのだ。

庭に展開された光景は、昨夜とおなじだった。町役たちが、無理やり夫婦を連れ帰った。

鍛冶町二丁目の隠宅を出た三人は急いだ。玄史郎と弥八と留市である。三人とも職人姿で、弥八と留市が道具箱を交互に担いでいる。

途中、八丁堀に立ち寄った。下働きの老夫婦は、きのうからの慌ただしい動きに驚いていた。

組屋敷を出たとき、玄史郎は髷を小銀杏に黒羽織の下は着流しに大小を帯びた、どこから見ても八丁堀の同心となり、弥八は袷《あわせ》の着物に半纏をつけ、同心についておればいかにも岡っ引といった風情をつくり、留市は職人姿のままで手斧を肩に引っかけている。同心に岡っ引と一緒にいたのでは、大工の道具よりも武器に見えてくる。

三人の足はふたたび街道に出た。東海道であれば人通りは多く、大八車も荷馬も町駕籠も、まったく途切れることはない。

「へへ、旦那。これでやっと八丁堀の旦那のお供って気分になれやすぜ」

「なるほど、これが八丁堀の道行《みちゆき》かい」

弥八が言ったのへ、役人の側に立って天下の路を行くのが初めての留市は、皮肉とも満足ともつかない言い方をした。

二人は玄史郎の一歩うしろにならんで歩いている。往来人は道を開けるだけでなく、

「旦那、ご苦労さんです」

「よかったらお茶でも」

お店者《たなもの》風が一歩さがって腰を折れば、沿道の茶店からは茶汲み女が声をかけてくる。

「おう、おめえら。これででれでれしてたんじゃ務まらねえぜ」

玄史郎がふり返って言ったのへ、

「分かってまさあ」

弥八は返し、三人は歩を速めた。

日本橋に匹敵するほど下駄や大八車がけたたましく響く京橋を過ぎ、さらに新橋を過ぎたところで掘割の流れに沿って右手の西へ折れた。江戸城外濠《そとぼり》の幸橋御門は三丁（およそ三百米《メートル》）ほど先だ。一帯はすでに愛宕下で、大名小路は幸橋御門前から南へ延びている。

三人の行先は、昨夜弥八が確かめた大名屋敷である。お千がいま、その屋敷の中にいるのだ。

豪壮な長屋門の前に歩を踏んだのは、まだ午《ひる》にはいくらか間のある時分だった。門は八の字に開き、磨かれた厚い門扉の八双金物《はっそうかなもの》が太陽の光を照り返している。

門に表札が出ているわけではない。三人はゆっくりと通り過ぎ、また引き返し、屋敷を一巡し、ふたたび長屋門の前を通った。

「誰さまのお屋敷ですかい」

「これ。訊かずともよいと言っただろう」

「へ、へい」

弥八がつぃつぶやいたのへ、玄史郎は低く叱声をかぶせた。それが氏紀からの下知《げじ》なのだ。三人のきょうの役務は、ただその屋敷のまわりをぶらつくことだけだった。

屋敷には、番町を出た紀江の女乗物の一行がすでに入っているはずだ。未明に隠宅から番町に戻ったお倫が、そこに侍女として随行していよう。

屋敷の奥座敷で紀江が後室よりも上臈と会い、あるいは家老も同座していようか。どのように話を進めているかは、玄史郎の与《あずか》り知らぬところである。だが、分かっていることが一つある。

「すでに〝神隠し〟などと巷間《こうかん》に噂がながれておりますぞ。わが弟の氏紀に確かめさせたところ、町方もすでに動いているとのこと」

紀江は厳しい表情で言っているはずだ。

「――大名家とはのう、町方に動かれるのを非常に嫌うものよ」

昨夜、隠宅で氏紀は言っていた。

それをけさ、番町の岩瀬屋敷に戻ったお倫は紀江に伝えたのだ。

その大名家は、紀江の言葉であれば後室との間柄から、〝好意〟として受けとめるだろう。

上臈か、あるいは家老に差配された家臣か腰元が屋敷の周囲を調べる。

出ている。明らかに八丁堀の同心と分かる風体が、岡っ引であろうか二人の手下《てか》をともない、ゆっくりと屋敷の周囲を徘徊しているではないか。

裏門のあたりだった。

「ふふふ。見ておるな。気づかぬふりをして通り過ぎるのだ」

玄史郎は背後の二人へ低声をながした。

この知らせに、屋敷の奥座敷はさぞや緊張に包まれていることだろう。

「もうよかろう」

と、三人が愛宕下の大名小路を離れたのは、太陽が中天をいくらか過ぎたころだった。ふたたび街道に出て中食《ちゅうじき》をすませてから、三人はそれぞれに散った。

弥八は八丁堀に立ち寄り、あの一升徳利を、

「ほんとうにいいんですかい、こんな上物を」

と、持って帰るのを忘れなかった。

玄史郎は惜しみもなく、ただ苦笑していた。

留市は鍛冶町に戻った。

あとは隠宅からのつなぎを待つばかりだ。

その日のうちに弥八は、定町廻りの小谷健一郎の岡っ引に戻ったが、

「へい。鍛冶町の隠居というのが、岩瀬氏紀さまとかおっしゃるお旗本で」

と、その名を聞かされ、健一郎は仰天したことであろう。

同時に、

（それでお奉行は、〝神隠し〟の一件を隠密廻りに……）

と、ことの経緯を理解したことでもあろう。

職人姿の留市が息せき切って八丁堀の組屋敷に駈け込んだのは、その日のうちだった。日もとっぷりと暮れた時分だ。

玄史郎が柄杓《ひしゃく》ごと出した水を一息に飲み、言った。

「お千ちゃん。戻りやしたぜ」

鍛冶町一丁目の町角に呆然《ほうぜん》と立っているのを三味線の師匠が見つけ、二丁目の小間物屋に下駄の音もけたたましく知らせたらしい。


さらに四日ほどが過ぎてからだった。

町駕籠が八丁堀の冠木門を入って来た。中間の壱助が伴走していた。駕籠から出て来たのは、矢羽根模様の着物を着たお倫だった。

「紀江さまとご隠居さまの遣《つか》いで参りました」

座敷に上げられ、武家の腰元らしく端座して言った。

「大名小路のお屋敷では、ご後室さまのためいずれかの山紫水明の地に別宅を設け、すでにお遷《うつ》りあそばされたそうにございます」

お倫はさらに言った。

その大名家の御典医の診立ては、

「――身代わりにてご後室さまを欺《あざむ》くは、かえって気の病を深めるのみ」

むろん、それが正確な診立てかどうかは誰にも分からない。ただ、大勢の腰元や家臣たちのいる大名屋敷で暮らすよりは、静かな風光明媚な地に日々を送るほうがいいのは、誰もが得心するところであった。

それから幾日を経ても、内濠竜ノ口《うちぼりたつくち》の評定所で、いずれかの大名家を糾弾する評定が開かれたとの噂は、どこからも伝わってこなかった。岩瀬氏紀が動いたのであろう。

おもて向きは、何事もなかったのである。町娘たちが数日姿を消し、いずれも無事に戻って来た理由《わけ》は、

「神か天狗《てんぐ》に訊《き》く以外にねえぜ」

それぞれの町内の者は言っていた。

やはり〝神隠し〟だったのだ。

玄史郎は、隠密廻り同心に秘められた役務を反芻《はんすう》した。

――世上の不安を、人知れず防ぐこと
同時に、いまさらながらに岩瀬氏紀が家臣に、〝向後、この隠密廻りと事を進めるゆえ〟と言った意味が解ったような気がし、

「ふーっ」

大きく息をついた。

三　毒殺隠蔽

一

お倫が氷室《ひむろ》玄史郎の組屋敷へ町駕籠で乗りつけた翌日だった。

一件落着で事の顚末を南町奉行の筒井《つつい》政憲《まさのり》に報告しようと早朝に出仕し、お伺いを立てたところ、

「明日でよい。きょうは帰ってゆっくり休め」

との返事だったので、

（ならば、午睡《ひるね》でもするか）

と、午前《ひるまえ》に組屋敷へ戻ってきた。

こうしたときの時間のつぶしかたには、玄史郎はまったく不器用だった。というよりも、外に遊び歩くことを避けていたのだ。それがまたずっと以前から岩瀬氏紀《うじのり》の耳にも入っていたように、つき合いの悪い〝堅物〟と周囲から看做《みな》

される原因にもなっていた。

だが、玄史郎は決して堅物などではない。ほんとうは万事において、融通が人一倍効くほうなのだ。

しかし、奉行に〝ゆっくり休め〟とのお言葉をいただき、そのありがたい時間を芝居見物にも飲みにも行かず、奉行に言われたとおり組屋敷でゆっくり休もうというのだから、やはりつき合いの悪い堅物と看做《みな》されるのは仕方のないことか。

だが、この日はまっすぐ組屋敷へ戻ったばっかりに、ゆっくりするどころではなくなった。

氷室家の下働きの老夫婦は、吾兵衛《ごへえ》におクマといった。玄史郎がもの心ついたころから奉公に上がっていた夫婦で、玄史郎が四十路《よそじ》になってもいまだ独り身なのを、姉の千鶴《ちず》と同様、大いに心配していた。

玄史郎がふらりと組屋敷の冠木門をくぐると、庭を掃除していた吾兵衛が、

「あんれ、旦那さま。またなにかに化けなさるかね」

「あゝ。きょうは穴ぐらの狐か狸になあ」

「それはようござんした」

言うなり吾兵衛は竹箒《たけぼうき》を持ったまま、冠木門をよたよたと走り出た。

「これこれ、どこへ行く」

呼びとめると吾兵衛はふり返り、

「お呼びして来ますすじゃ」

「誰を」

「へえ。すぐに」

要領を得ない返事で吾兵衛はすぐまた小走りになった。

玄関から雑巾《ぞうきん》を手にしたおクマが出てきた。

「さっき千鶴さまがお帰りになり、きのうのことをなんやかやと」

「きのうのことって。あぁ、腰元のお倫さんと中間《ちゅうげん》の壱助が来たことかい。それがなんやかやとは？」

「うふふ。いっぱいお訊きになって」

「なんだね、その気色悪い笑いは」

言いながら腰の大小と黒羽織をおクマに渡し、居間に入ると朱房《しゅぶさ》の十手は自分で神棚に置き、

（きょうはゆっくり休ませてもらいまする）

柏手《かしわで》とともに念じ、ごろりと横になってからすぐだった。

昼間でも静かな八丁堀に、けたたましい下駄の音が冠木門を駈け込んで来るのを耳にし、

「姉上？」

跳ね起きた。

「玄史郎、玄史郎。帰っているんですって？　出てきなさい」

玄関のほうからではなく、庭先から声が飛び込んできた。

「はい、はい、姉上。戻っておりまする」

玄史郎は明かり取りの障子を開け、縁側に出た。

果たして姉の千鶴だった。

横になったところを起こされたのだから、

「もおっ」

と、身を起こしたときには不機嫌だったものの、すでに踏み石に立ち縁側に上がろうとしている千鶴に、ふと笑みを洩らした。四十代なかばにしてはいささか派手な、水色がかった着物に紺の帯を締めている。

（番町の紀江《のりえ》さまを小型にしたような。いや、小まわりが効いてさらにうるさ

さを加えたような)

ふと思ったのだ。

「なんです、にやにやして。気持ち悪い」

千鶴は言いながら縁側に立ち、

「ここで立ったまま話せることではありませぬ。さあ、中へ」

「だったら玄関から入ってくればいいじゃないですか」

「つべこべ言わず、さあ、座りなさい」

玄史郎を部屋へ押し込み、さっさと端座に座り、畳を手で示した。

庭のほうでは、ようやく吾兵衛がよたよたと帰って来たようだ。

きのうのことである。

お倫が中間の壱助をつき添いに氷室家の組屋敷に来たのは午過《ひるす》ぎだった。冠木門は開いており、前を通れば庭も縁側も見える。

隣の組屋敷の内儀だった。中間のつき添った町駕籠が氷室屋敷の庭に走り込み、降り立ったのはなんと若い腰元ではないか。それが部屋に上がり、しばらく出てこない。

玄史郎の〝堅物〟ぶりは近所にも広く知られている。そこへ若い腰元？　しかも美形だ。見過ごしにはできない。

さっそく隣の内儀はおなじ八丁堀の小谷屋敷へ走り、ご注進に及んだ。八丁堀で同心の拝領地はそれぞれ百坪で、往還にいずれ似たような板塀と質素な冠木門がずらりとならんでいる。

「――それがなんとお若くお美しい女《ひと》で、立ち居ふるまいも凛《りん》としており、そりゃあもう隠密廻りの内儀にはぴったりで……」

隣の内儀は言ったものだから、もう姉の千鶴としては居ても立ってもいられない。けさ早くに実家の氷室屋敷に走ったが、早めに玄史郎が出仕したあとだった。

もちろん千鶴は、吾兵衛とおクマの老夫婦に根掘り葉掘り訊いた。訊かれても吾兵衛もおクマも事情を聞いているわけでもなく、接触といえばただおクマが部屋に茶を運んだだけだった。

それでも訊かれ、

「――お中間さんは縁側で待っていなさって、部屋では三味線がどうの、ご両親がお喜びでなんとかかと」

おクマが言ったのへ千鶴は、

（――二人で趣味の話までして、もう先方のご両親がお喜び……）

解釈し、

「――きょう中にです。玄史郎が戻ったなら、すぐわたくしに知らせなさい。きっとですよ」

言いおいて小谷屋敷に帰り、さほども経ないうちに、

「――お嬢さま、千鶴さま」

と、吾兵衛が竹箒を持ったまま庭に走り込んだのだから、千鶴も縁側から直接庭に下り、庭下駄をつっかけ吾兵衛を置いてけ堀に冠木門を走り出たのだった。

氷室屋敷の座敷では、

「そこまで進んでいながら、なぜいままで黙っていたのですか」

玄史郎が座に着くなり千鶴は詰問する口調で言った。怒っているのではない。目は期待に満ちている。

庭には竹箒を持った吾兵衛が戻ってきたようだ。

奥ではおクマが急いでお茶の用意をしている。

さらに座敷では、突然のことに玄史郎が問い返していた。

「黙っていたとは、なにをですか」

「もう。しらばくれているのか、恥ずかしがっているのか、どっちです。先方のお嬢さまもお嬢さまです。中間をともなっていたとはいえ、単身で相手の屋敷まで上がるとは」

「ちょっと待ってください、姉上」

と、玄史郎はようやく千鶴が、きのうお倫の来たことをなにやら勘違いしていることに気がついた。

おクマが茶を運んできた。

「これ、おクマ。おまえたち、いったいなにを姉上に」

「あたしじゃありませんよう」

おクマは言うと早々に退散し、襖《ふすま》を外から閉めた。

「玄史郎。さあ、どこのお屋敷の、なんというお嬢さんですか」

「だからあ、姉上」

と、玄史郎は閉口した。

早くに母親と死別し、しかも若いうちに家督を継いだ玄史郎には、親が決めた許婚《いいなずけ》はいなかった。千鶴が小谷家に嫁《か》したのは、小谷家から申し入れてきたのを、千鶴も玄史郎も二つ返事で応じたものだった。

もちろん、玄史郎にも縁談を持って来る八丁堀の内儀たちはいた。最も親身になっていたのは、当然千鶴だった。これまで幾度か夫の健一郎と図って見合いの場を設定した。

両国広小路に出ている芝居小屋が、その場所だったことがある。左右両側の桟敷席《さじきせき》に向かい合うように席を取った。芝居の舞台よりも、対手《あいて》の桟敷のようすのほうが真正面に見える。相手の家は二百石取りの旗本だった。町方の同心とつり合いは取れる。千鶴が奔走し、ようやく見合いに漕ぎつけたのだ。

だが、玄史郎たちの場所がいけなかった。両側の席に入ったのが、いずれも商家の接待の一群か、幕間《まくあい》に酒が出た。左右ともかなりの大店《おおだな》のようで、品のいい飲み方だった。だが、玄史郎にとってはたまらない。上質の酒の香が左右から、しかも膝がすれ合うほどの至近距離から迫ってくるのだ。

千鶴が、

「——ほれ。真向かいの、あのお嬢さんですよ」

言ったときには、もういけなかった。

その場を逃げることもできず、玄史郎は意識朦朧《もうろう》とし、

「――おい。どうした」

と、横に座っている健一郎に支えられ、それでも上体がふにゃふにゃとし、首が前に垂れ、起こそうとするとうしろへがくり、横へぐらりと、まるでタコかクラゲのような状態になっていた。

その一部始終を、見合い相手の家族全員から見られている。

後日、その二百石の旗本家からは、鄭重なお断りの返事があった。

「――あんなみっともない思いをしたのは初めてです」

千鶴は怒った。

それでもまた、見合いの場を千鶴は設定した。こんどは百五十石の旗本家だった。さらに場所がいけなかった。

御殿山《ごてんやま》へ花見に行き、そこで偶然出会って両家がおなじ茣蓙《ござ》に座って歓談しようというものだった。そこまではうまくいった。千鶴の差配にソツはない。

だが、花見の席ゆえ先方は甘酒を用意していた。対手の娘は少々たしなんだ。玄史郎も飲まないわけにはいかない。ほんの一口だった。その場でたちまち足腰が立たなくなった。

もう、いかなる返事が来るかは分かっていた。

ここに至って、

「——弱いことは分かっていましたが、あそこまでとは」

千鶴はようやく気づき、義兄の健一郎も話には聞いていたが、千鶴との婚礼の席で玄史郎の膳の一合徳利には水を入れ、それでも当人は幾度も席を立ち、裏手の井戸端で全身の汗をぬぐっていたのを思い出した。

これが玄史郎の、いかなる饗応も受けつけず、同輩とのつき合いも悪い〝堅物〟になっている原因だったのだ。

玄史郎自身は、

「——俺たち町方はなあ、そうであらねばならんのよ。つまり、日ごろから心がけておらねばのう」

同輩たちには言い、極度の下戸《げこ》であることを隠し、〝日ごろから心がけて〟とは、やせ我慢の強がりだったのだ。

知っているのは、姉夫婦と、下働きの吾兵衛とおクマの老夫婦だけである。隠居の岩瀬氏紀も岡っ引の弥八も建具師の留市《とめいち》も、ましてお倫も気づいていない。氏紀とお倫は、

(男には類《たぐ》い稀《まれ》なる甘党)

とは見ている。

そのような玄史郎の許に、若く美しく凛とした腰元が訪ねてきて、部屋に上がって二人で話し込んでいたというのだから、千鶴がなにはさておき勇み立ったのも無理はない。

「あれはですねえ」

と、玄史郎は千鶴の言葉を制し、本来ならとくに隠密廻りともなれば、役務の内容は親族にも話さないものだが、背に腹はかえられない。

話した。

「嘘だと思うのなら、帰ってから義兄《にい》さんに訊いてみてください」

と、そこに岩瀬氏紀の名を出したものだから、千鶴は仰天した。だが、

「岩瀬家なら二千五百石のご大身のお旗本。そこのお腰元なら遜色はありませぬ。お倫さんという名ですか。出自《しゅつじ》は？　二千五百石への奉公なら、いずれ二百石、三百石の旗本の娘に相違ありませぬ。さあ、お倫さんの家柄は？」

「知りませんよ、そんなの。探索の途次に知り合《お》うただけですから」

「ますますいいではありませぬか、この八丁堀の屋敷には」

「もう、いい加減にしてください。そんなこと、お倫さんに失礼ではありませ

ぬか」

と、玄史郎と千鶴の姉弟のやりとりは延々、太陽が中天を過ぎるまでつづいた。

「千鶴さま、中食《ちゅうじき》はいかがなされます。用意はできておりますが」

おクマが襖の向こうから遠慮気味に声を入れ、ようやく姉弟の押し問答はなんとか収まったかに見えた。

だが、消えかかった火に油をそそぐ事態が発生した。

氷室屋敷の冠木門に、また町駕籠が駈け込んできたのだ。

玄史郎と千鶴はハッとしたように立ち、障子を開けた。なんと駕籠には、

「へい、また参りやした」

隠宅の中間の壱助がついていた。

駕籠から転がり出るように庭へ降り立ったのは、

「あぁあ」

と、千鶴にはそれがお倫であることが一目で分かった。若くて美しく、凛とした容姿なのだ。

が、目は血走り、涙さえあった。

二

「いかがなされた！　姉上、この女《ひと》がお倫さんです」

「見れば分かります。して、これは⁉」

そろって縁側に踏み出た。

「玄史郎さま！　不躾《ぶしつけ》、お許しくださいましょう」

お倫は縁側へ小刻みに走り寄るなり片手を雨戸の溝について顔を上げ、自分では精一杯落ち着いているのだろう。

「お助けくださいまし。仔細はお部屋にて」

低声《こごえ》で言った。

異常を察したか、

「お倫さんですね。さあ、お上がりなさい」

「心配いらぬ。私の姉です」

千鶴が腰をかがめてお倫の腕をとり、玄史郎が言葉をつなぎ、

「仔細は知りませぬが、ともかく上へ」

「はい」

お倫は千鶴に引き上げられるように縁側へ上がり、そのまま座敷にいざなわれた。

うながされるままお倫は部屋で端座の姿勢をとったが、千鶴が同座したことにいささか困惑の表情を示した。

「さきほども申しましたろう。それがしの姉で、義兄は南町の定町廻りゆえ、なんらご懸念には及びませんぞ」

「はい」

玄史郎に言われ、

「番町の岩瀬屋敷へ奉公に上がっておりまする、お倫と申します」

お倫は丁寧に畳に三つ指をついた。

「おうおう。そなたのことは玄史郎から聞いておりますぞ」

「えっ」

と、千鶴が言ったのへ、お倫は向かい合わせに端座している玄史郎に視線を向け、

「それは」

玄史郎は言いかけたが、その雰囲気にいまはない。

「で、きょうの趣《おもむき》は……」

「わたくしの実家のことにて、まことに恐縮なのですが」

「おぉ、お倫さんのご実家は……？」

「姉上！」

さきほどの話にまだこだわっている千鶴を玄史郎は制し、

「さあ」

手で示し、お倫に話をうながした。

「はい。あまりにも突然のことに気が動転いたしまして。ともかく神田鍛冶町のご隠居さまに相談をと思い、町駕籠を駆ったのでございます。話しますとご隠居さまは、さようなことなれば八丁堀の玄史郎さまに至急相談いたし、策をもって進める必要があろうとのご指示をいただきました。そこで数寄屋橋御門内の南町奉行所に参りましたところ、きょうはなぜかお帰りとのことゆえ、急いでこちらへ参った次第にございます」

「策をもって進めよとは？　なにがしかの込み入った事件と思われるが、話されよ」

「わたくし、席をはずしましょうか」

「いえ、ご同座くださいませ。姉上さまからも、ご意見をいただければと存じまする」

本来ならこうしたとき、親族であれ伴侶であれ席をはずすものだが、若く美しいお倫が弟を頼って来たとあれば気になる。千鶴は言ったものの、立つ素振りは見せていない。そこへお倫が配慮に富んだ言葉を返し、

「ほう。それは、それは。ならば、わたくしも」

と、逆に身づくろいをするように膝をいくらか前に進め、お倫の顔を見つめた。千鶴はお倫がすっかり気に入ったようだ。

お倫は話しはじめた。

「けさがた日の出の明け六ツのころでした。下の弟の英次郎《えいじろう》が、外濠《そとぼり》の四ツ谷御門が開くと同時に駈け込んだのでありましょう。番町のお屋敷の正面門を激しく叩き……」

江戸城の西側になる四ツ谷御門から市ケ谷御門にかけての内側一帯が番町で、大名屋敷や旗本屋敷が白壁を連ねている。

お倫に弟がいたことなど、しかも〝下の〟というから、もう一人長男がいる

ようだ。その実家がどこかも含め、聞くのは玄史郎にもこれが初めてである。

千鶴は興味を持ったか、

「ほう。ご兄弟がおありか」

と、さらに膝を前に進めた。

「わたくしのすぐ下の弟、わが家の長男でございます。斎太郎《さいたろう》がきょう未明に息を引き取った、と」

「えぇえ！」

千鶴は話の思わぬ展開に身を反らせて声を上げ、玄史郎はさすがに奉行所の同心か、

「つづけられよ」

低く落ち着いた口調で言った。

「はい。わたくしの実家は、室町に暖簾《のれん》を出しております、割烹《かっぽう》の梅屋《うめや》でございます」

「えっ」

千鶴はまた声を出した。武家の出ではなかった。だが、その場は出自《しゅつじ》を詳しく訊くような雰囲気ではなくなっている。

それに室町の梅屋といえば、人に知られた老舗《しにせ》の海鮮割烹で、そこの娘が勘定奉行や南町奉行、大目付などを歴任した大身の屋敷といえど、他家へ奉公に上がるなど尋常なことではない。親は娘に箔《はく》をつけたかったのであろう、人のツテを経て行儀見習いに岩瀬家へ奉公に上げたのは、お倫が十六歳のときだった。お倫は今年二十五歳で、武家奉公はもう九年になる。一人娘を乳母日傘《おんばひがさ》にはせず、然《しか》るべき屋敷へ奉公に出したのは、さすがは老舗の梅屋といえようか。父は六右衛門《ろくえもん》といい、母は雅恵《まさえ》といった。

お倫が実家について話したのはそこまでであり、

「上の弟は斎太郎といいましたなあ。そなたがここに参られたは、その死にいささか不審の点がある……と」

「はい」

玄史郎が話を前に進めるようにうながしたのへ、お倫は応じた。話を前に進めるには、実家の構成を話しておかねばならなかったようだ。というよりも、話を聞けばそれは必要だった。

「下の弟の英次郎が申しますには、斎太郎は真夜中、子《ね》の刻（午前零時）にはまだすこし間があろうかという時分だったらしいです。寒いと言って起きるなり激しく嘔吐《おうと》し、女中を呼んで部屋の掃除をさせたのですが、さらにまた嘔吐し、立ち上がってもふらふらと、まるでお酒に酔ったような状態になり、部屋に駆けつけた父と母がどうしたかと訊ねても、斎太郎の口はわずかにしか動かず、ふにゃふにゃと舌がまわらないようすだったとか」

お倫の言葉は途切れ途切れになった。懸命に嗚咽《おえつ》を堪《こら》えているのだ。

「お倫さん。お気をしっかり」

千鶴が励ますように言った。

「はい」

お倫は返し、ふたたび話しはじめた。

「もちろん、医者は呼びにやらせたそうです。ですが、新たに敷いた蒲団に倒れ込むなり、全身を痙攣《けいれん》させはじめ、呼びかけてもただ震えながら呻《うめ》くばかりで、口もきけない状態になっていた、と。それが半刻《はんとき》（およそ一時間）ほどもつづいたとのことです」

「ふむ」

玄史郎はうなずいた。ここまで聞けば、その先は分かる。町奉行所の同心であれば、定町廻りや隠密廻りを問わず、毒物への知識はある。

お倫の話した症状は、トリカブトである。

それを知らなくても、異常な症状から、ただの食中毒ではない……死因に疑いを持っても不思議はない。だからお倫は、実家へ急ぐよりも先にご隠居のいる隠宅へ向かったのだ。

お倫はつづけた。口調は落ち着きを取り戻していた。

「医者が駈けつけたときには、すでに息絶えていた、と。夜が明ける前だったとのことです」

「よし。お倫さん、分かった。早いほうがよい。これからそなたの実家へ参りましょうぞ」

「ならばお駕籠を」

お倫は言うと、閉めた障子越しに、

「壱助さん、お駕籠をもう一挺、拾ってきてくださいな」

「へい。すぐに」

庭にお倫の乗って来た町駕籠とともに待機していた壱助は返し、足音が冠木門を走り出るのが感じられた。

「で、お倫さん。実家の梅屋はいまいかように」

「はい。鍛冶町のご隠居さまへは、英次郎も一緒でした。ご隠居さまは英次郎に差配しておいでございました」

「いかに」

「店はきょう、いつものごとく平常に商いをしておくのが肝要、と」

「分かりました」

玄史郎はふたたび得心したように言うと、

「吾兵衛、おクマ。出かけるぞ」

襖の向こうに声をかけ、身支度のため奥の部屋に下がった。

「おぉお、行ってきなされ、行ってきなされ」

千鶴の声がその背を押した。

（なるほど、ご隠居は老いても鋭いお方よ）

玄史郎は感じていた。

隠宅でお倫は、いま玄史郎に語ったことを話したはずだ。氏紀がお倫に中間の壱助をつけたのは、このあとの玄史郎の動きを読んだからであろう。玄史郎はお倫とともに室町の梅屋へ走る。町駕籠を待機させ、もう一挺を拾いにすぐさま壱助が街道近くに走る……。

トリカブトによる毒殺なら、しかも深夜の出来事であれば、犯人は梅屋の内部の者……。おもてになれば、梅屋はどうなる。縄付きを、しかも獄門首を店から出したとなれば、それも毒物を用いてである。割烹の暖簾を張りつづけることなど、もうできまい。加えて岩瀬家でのお倫の立場はどうなる。宿下がりを命じられ、帰る場所もなくなるだろう。その危機にあるお倫を、玄史郎の許へ走らせた。

『よしなに計らえ』

と、氏紀は玄史郎に命じたことになる。すなわち、

――おもてには出さず、何事もなかったがごとく。ただし、悪を見逃してはならぬ

これこそ、隠密廻りにしかできない芸当である。氏紀の下命と期待を、玄史郎は胸に慥《しか》と受けとめた。

「へい。駕籠が来やした」

庭から壱助の声が屋内に入ってきた。

「姉上。義兄《にい》さんにこの件は隠密廻りたる私が処理しますが、手をお借りするかもしれませぬからと言っておいてください」

「おうおう、なんと忙《せわ》しないこと。万事心得た」

庭で言う玄史郎に千鶴は応え、

「姉上さま。お騒がせいたし、申しわけもありませぬ」

ふかぶかと辞儀をするお倫には、

「おうおう、もう気の毒でなりませぬ」

と、辞儀を返した。

「へい、出しやす。あらよっ」

「へいっほっと」

前棒に後棒が応じ、二挺とも駕籠尻が地を離れた。

三

町駕籠二挺は日本橋の騒音のなかに入った。午《ひる》を過ぎた、最もにぎわっている時間帯だ。

「ご免なすって！　急ぎ駕籠でござんす！」

先頭を中間姿の壱助が走っている。

場所は知っているようだ。

日本橋を北へ渡れば、広い神田の大通りに繁華な町並みが室町一丁目から二丁目、三丁目とつづき、神田鍛冶町はそこからもうすこし先である。

室町一丁目に歩を踏み半丁（およそ五十米《メートル》）ばかりで壱助はふり向いて駕籠の前棒に合図を送り、東方向になる右手の枝道に駈け込んだ。枝道とはいえ通称を高砂新道《たかさごじんみち》といい、日本橋北詰めの中心をなし、そぞろ歩きの人出はおもての大通りより多いほどだ。

そこに梅屋は香《にお》い梅の紋を打った大きな暖簾《のれん》を出している。日本橋の掘割《ほりわり》に沿った魚河岸《うおがし》は、背中合わせと言ってよいほどの至近距離にあり、海鮮割烹としては江戸随一の恵まれた立地である。

「おっとっと」

高砂新道に入るなり壱助は足をとめた。股引《ももひき》に腰切半纏を三尺帯で決めた留《とめ》市《いち》が、駕籠を待つように立っていたのだ。

「おう、留さん。どうしたい、こんなとこに来て」

「どうしたとはなんでえ。隠居の御前に言われたのさ」

足をとめた壱助に留市は返した。

「あら、留市さん」

「留じゃないか、どうした。ご隠居に言われたと聞こえたが」

人通りの多いなかにお倫と玄史郎も往還に降り立った。

すぐ近くに香い梅の暖簾が見える。

「へい。氷室の旦那にお倫さん」

留市はぴょこりと町人髷の頭を下げ、

「これから幾日かかるか分からねえが、氷室の旦那について遣い走りをしろって。ここで待っておれば、旦那はきっと来なさると御前に言われやしたのさ」

「ほう」

玄史郎は低く感嘆の声を上げた。岩瀬氏紀はそれも読んでいたのだ。

氏紀は留市を隠宅に呼び、

「――ということだ。行け」

「――へい。がってん」

と、理由《わけ》を話し氷室玄史郎への助っ人を命じると、二つ返事で応じ勇んで冠木門を走り出て行く腰切半纏の背を縁側から見送り、

「――うふふふ」

と、頼もしそうに笑顔をつくっていた。

氏紀と留市の出会いは、隠宅の繕《つくろ》い普請《ぶしん》からではなかった。

氏紀が神田鍛冶町の隠宅に入ってすぐのころだった。近辺の地理を覚えようと角頭巾に杖を持ってふらりと出かけ、神田の大通りに歩を取っているときだった。町の与太が一人、横合いから不意にぶつかり、

「――おっとっと」

よろける氏紀に、

「――痛ててっ。この爺イ、気をつけろいっ」

与太から見れば、角頭巾に杖をついた、金を持っていそうな老体だ。明らかに因縁をつけ、小遣い銭を強請《ゆす》る所業だ。

「――気をつけろとはおまえのほうじゃないかな」

「――なにいっ」

「――どうした、どうした」

やわらかく言った氏紀に与太はいきり立ち、さらに仲間二人がそこへ加わって氏紀の肩をどんと突いた。

「――ありゃりゃ」

と、氏紀はまたよろけ、与太がさらに小突《こづ》こうとしたときだった。

「――うわあっ」

そやつは横っ飛びに横転した。集まりかけた野次馬のなかから、腰切半纏を三尺帯で決めた職人風の若い男がいきなり飛び出し、老体を小突こうとした与太に体当たりしたのだ。

「――やいやいやい、てめえら。さっきから見ていたら、三人がかりで老体に因縁をつけやがって。この天下の大通りで許されることじゃねえぜ。俺が相手になってやろうじゃねえか」

啖呵《たんか》を切った。

「――なにいぃ」

横転した与太も起き上がり、

「――てめえから畳んでやるぜ」

一人が職人風に打ちかかると同時に一人が胴に組みついた。見事な連携で喧嘩慣れしている。職人風は顔面を殴られ鼻血を吹きながら横転し、

「――野郎っ」

すぐに起き上がり身構えた。

「――これこれ、よさんか」

角頭巾の氏紀は言ったが、爺さんの言うことなど与太が肯《き》くものではない。

与太の一人が再度殴りかかったのを職人風はかわしたが、すかさず飛んできた握りこぶしに脾腹《ひばら》をしたたかに打たれ、

「――ううう っ」

鼻血を吹き、うめきながら、

「――ゆ、許されねえぜ」

なおも与太へ向かっていこうとする職人風に、

「――この野郎っ」

拳《けん》を顔面に飛ばそうとした与太が、

「――よさんか！」

「――うぐっ」

氏紀の皺枯《しわが》れた声とともに首をひん曲げ、手で押さえ、その場にうずくまった。

氏紀が持っていた杖で首根っ子を打ち据えたのだ。

「──おっ。この爺イ」

「──ふざけやがって」

残った与太二人が氏紀に向かい、一人がふところから匕首《あいくち》を取り出した。

「──きゃーっ」

野次馬のなかから女の悲鳴が上がった。路上の喧嘩でも刃物が出ればただではすまなくなる。

が、その刹那《せつな》だった。

「──馬鹿者！」

老体が一喝し、一歩踏み込むなり、

「──うぐっ」

与太は匕首を取り落とし、

「──ううううっ」

うめきながら匕首を握っていた手を片方の手で押さえ、一歩下がった。

氏紀の杖がしたたかに与太の手を打ったのだ。骨にひびが入ったかもしれない。

喧嘩慣れしている与太どもは、老体の只者でないことを覚《さと》ったか、

「──お、覚えていやがれぇ」

逃げるときの決まり文句を吐き、一人は匕首を拾い、一人はなおも首を押さえうずくまっている仲間を引き起こし、這《ほ》う這《ほ》うの態《てい》で野次馬の輪をかき分けその場から消えた。

「──や、野郎！」

追いかけようとする職人姿を、

「──これこれ、よしなさい。さあ、儂の住まいはこの近くだ。ついて来い。介抱が必要なようだ」

と、氏紀は職人姿を脇道にいざなった。

もちろん、その職人姿とは建具師の留市だった。柳原《やなぎわら》土手で小さな野博打《のばくち》を打ち、負けが込んで不機嫌に神田の大通りを戻ってきているところへ、与太が老体に因縁をつけている場面に出くわし、思わず飛び出したのだ。

鼻血は止まっていたが顔が腫《は》れている。老体について行くと、隠宅は留市が塒《ねぐら》を置く長屋とおなじ鍛冶町二丁目だった。

隠宅にいた老僕の茂平に介抱をしてもらいながら、老体の身分を聞き、

「──げえっ」

と、目の前の水桶をひっくり返すほどに驚き、恐縮の態となった。

氏紀が試しにと越して来たばかりの隠宅の繕い普請をさせてみると、これがまたなかなかの腕前だった。

留市が隠宅に出入りし、隠居の氏紀と親しく交わるようになったのはこのときからだ。ともすれば権謀術数の渦巻く柳営（幕府）内にあった氏紀には、向こう見ずで威勢のいい町人が新鮮に映り、留市のような存在が愉快でたまらなかったのだ。

だから、

（気の利く手下《てか》が必要ではないか）

判断した氏紀は、中間の壱助をお倫につけ、この留市を玄史郎につけたのだった。

氏紀から遣わされたことを話す留市に、

「ありがたい」

玄史郎は返した。これから、どのような探索を進めることになるか分からない。手足となる者がおれば、もちろん便利だ。それに、義兄の小谷健一郎から

弥八をまわしてもらうのは憚《はばか》られる。気が引けるからではない。たとえ殺しだと判明しても、

――極秘に、何事もなかったことに収めなければならないからだ。自身番の控《ひか》え帳《ちょう》はおろか、奉行所の御留書《おとどめがき》にも記《しる》されてはならない。〝神隠し〟のときは、大名家だったから嫌でもそうなってしまった。こんどは率先してそれをしなければならない。

玄史郎が〝ありがたい〟と言ったのはそこだった。氏紀の隠宅のよろず御用聞きをしている留市が手足になってくれる。この者なら、存分に役務を果たしてくれるだろう。

「よし、頼むぞ」

玄史郎は言うと、梅屋のほうへ視線をながし、ふたたび、

「よーしっ」

低くうめいた。

高砂新町の通りに異常はなく、香い梅の大きな暖簾が軽い風に揺れている。閉めていない。長男・斎太郎の変死にもかかわらず、おもて向きはなにごともなかったように商《あきな》っているのだ。

暖簾から出てきた、二十歳《はたち》前後の若い仲居が、

「あら、お嬢さま。奥はいま大変なことに」

声を上げるなり、人混みを縫うように駈け寄ってきた。

「しっ」

叱声を吐きながらお倫は一歩進み出た。

「あっ」

仲居は立ちどまり、

(ん？)

と、驚いた仕草をし、おそるおそるといった態で近づいた。小銀杏の髷に黒羽織の、一見奉行所の同心と分かる武士がお倫と一緒にいるのだ。

仲居のそのようすから、梅屋ではあるじの六右衛門と女将《おかみ》の雅恵《まさえ》が、次男の英次郎が伝えた岩瀬氏紀の指示を守っていることが分かる。すなわち、

――日常あるがごとく
にふるまい、奉公人たちにもそれを徹底し、店を開けているのだ。だが若い仲居は帰って来たお倫を見て、思わず叫んでしまったのだろう。

「静かにするのです」

歩み寄って来た仲居を、お倫は低くたしなめた。さいわい、往来人でなにごととふり返る者はいなかった。

若い仲居は申しわけなさそうに、気は焦っているのだろう、ぎこちなくゆっくりと近寄り、

「お嬢さま。けさがた……」

「分かっています、おヨシさん。玄史郎さま」

若い仲居はおヨシというようだ。気のよさそうな顔立ちをしている。お倫は返し、玄史郎に視線を向けた。

「ふむ」

玄史郎は得心したようにうなずき、

「ともかく中へ」

「はい」

「あっしらは」

「一緒だ。来い」

「へいっ」

留市は嬉しそうに応じ、壱助もつづいた。

暖簾を入るなり、

「あ、お倫お嬢さま」

「奥に旦那さまと女将さんが」

仲居たちから声がかかる。いずれも忍ぶような押し殺した声だ。

(まずい)

座敷のならぶ廊下を奥に入りながら、玄史郎は思った。廊下ですれ違う仲居たちの動作も、もの言いもぎこちない。なかには動揺し気が乱れているのか、鬢《びん》のほつれが目立つ仲居までいる。

奥向きのこととはいえ、一つ屋根の下で若旦那の変死を奉公人たちに伏せておくのは無理だったようだ。そこへ女将の雅恵から、

「──平常に」

との指示が出たのは、かえって不自然で奉公人たちの疑心暗鬼を呼んでいるのかもしれない。そこへ、武家屋敷へ奉公に出ているお倫が、八丁堀の同心と中間、岡っ引らしい職人姿とともに帰ってきた。かえって奉公人たちの緊張を高めることになったろうか。

まだ夕暮れ近くの書き入れ時の前で、客がほとんど入っていないのがせめて

ものさいわいだった。

廊下ですれ違った、膳を両手で持った仲居に、

「これ、そなた」

玄史郎は声をかけた。

「あ、あぁ」

「ほら、気をつけて」

一歩下がり、膳を落としそうになったのを、危うくお倫が進み出て支えた。

「いま、店に客はどれほど入っていようか」

「は、はい。一部屋だけ、四人さまでございます」

早口で言うと、急ぐようにつつつと玄史郎の横をすり抜けて行った。

玄史郎は無言で見送り、お倫に訊《たず》ねた。

「あの仲居の名は」

「確かおサトさんと申しました。不調法で申しわけありません。ソツのない、よく働くしっかり者と聞いているのですけどねえ」

「ふむ、おサトというか」

玄史郎は独《ひと》り言《ごと》のようにつぶやき、一同はふたたび奥への歩を進めた。

単にすれ違おうとしただけの仲居に、玄史郎は声をかけたのではない。向かいから来た仲居が玄史郎の同心姿を見るなり、避けるように顔をそむけたからだった。さきほどのおヨシとおなじくらいの年行《としゆ》きで、顔立ちは気の良さそうなおヨシとは違い、留市と壱助が見つめたほど、目鼻がととのっていた。

奥の部屋では、蒲団の中で顔に白布をかけた長男の斎太郎が眠っている。涙も出し尽くしたか、あるじの六右衛門と女将の雅恵が、まだ半日というのにやつれた表情で枕元に座し、その横に座っている次男の英次郎が、

「あ、姉さんだ」

と、襖の外の気配に腰を浮かせた。

「お父《とっ》つぁん、おっ母《か》さん。遅れまして申しわけありませぬ」

膝をついて襖を開け、ふかぶかと辞儀をするお倫に、

「ささ、中へ」

「あ、お役人さまも。お待ちしておりました」

さすがは老舗の割烹を仕切る夫婦か、取り乱したようすは見せず、雅恵がお倫を迎え、六右衛門が玄史郎に声をかけた。

「おめえら、こっちの部屋で待っておれ」

玄史郎は留市と壱助に言い、お倫につづいて部屋に入った。

お倫は顔の白布を取り、

「斎太郎、斎太郎！」

冷たい弟の頬を両手で包み、

「誰がいったいっ。斎太郎っ」

涙を堪《こら》え、玄史郎がこれまで聞いたことのない、肚から絞り出すような声だった。

玄史郎は遺体に両手を合わせると、

「このような場であるが、さっそく用件に入りたい」

「はい。英次郎から、鍛冶町のご隠居のお言葉は聞いております。斎太郎の無念を晴らしてくださるなら、なんなりと下知に従いまする」

「まこと、ありがたいことでございます」

六右衛門が応じ、雅恵がつづけた。

白布を取ったまま、お倫はまだ凝《じ》っと斎太郎の死に顔を見つめている。

「やはりきょう一日、商いは休んでくだされ。奉公人たちの挙措《きよそ》がどうもぎこちなく、あれではかえってこの家に異変のあったことを広めることになってし

うだ。
雅恵が女中頭《じょちゅうがしら》を呼び、指図した。現実はやはり、思惑どおりにはいかないよ
「申しわけありませぬ。さっそくそのように」
まいます」

玄史郎はつづけた。

「これから、それがしがよしと言うまで、奉公人を一歩も外に出さぬように。

包丁人から仲居、飯炊き、下足番にいたるまですべてだ」

「はい。さように」

六右衛門がうなずき、その場で番頭を呼び、差配した。いま外へ出ている者はいないとのことである。

しかし奉行所の役人の下知は、奉公人のあいだに動揺と衝撃を呼ぶものとなった。奉公人たちは、若旦那の突然の死が、

(尋常のものではない)

ことに気づいている。奉公人同士でひそひそ話もしている。関わったか仕掛けた者がいるとすれば、

『この一つ屋根の下の者』

奉行所の役人が目串《めぐし》を刺したことになる。奉公人たちのあいだに、いっそうの疑心暗鬼が走ったことは容易に想像できる。

だが玄史郎の差配はつづいた。

「深夜に呼んだ町医者を、もう一度ここへ」

さらに、襖の向こうに、

「壱助」

「はあ」

「これからすぐ鍛冶町の隠宅に走り、番町のお屋敷出入りの乗物《のりもの》医者を至急ここへお出まし願うよう、ご隠居に言って取り計らってもらえ。理由《わけ》はあとで俺から話す」

「へいっ」

中間姿の壱助は腰を上げた。

「さて。それがしは屋内を検分させてもらうぞ。留市、つづけ」

「がってん」

「英次郎、案内せよ」

「はい」

留市と英次郎は同時に立った。

玄史郎は六右衛門と雅恵に、

「この一両日に埒《らち》を明けて見せましょう」

語りかけるように言い、再度遺体に合掌し、立ち上がった。

お倫はまだ、玄史郎が異常に感じるほど唇を屹《き》っと嚙みしめ、斎太郎の死に顔を見つめていた。

四

一組のお客が入っていた部屋を除き、各座敷から調理場、さらに奥向きの部屋から裏の勝手口までくまなくまわった。

単に間取りを調べていたのではない。きょうはこれで店じまいとなると、奉公人らは日常と違い、かえって忙しい。あるじの六右衛門も女将の雅恵も同様である。きょうこのあと予約の入っていたお客には直接六右衛門が出向いておなじ町内の料亭にふり替え、番頭はその予約に走り、さらに包丁人頭《ほうちょうにんがしら》は、けさ仕入れた材料の引き取りを近辺の同業に頼んでまわる。どの同業も梅屋の競り落とした材料ならと喜んで引き取った。予約の客は三組ほどで、それぞれのふり替えもつぎつぎと進んだ。

玄史郎はめったには見せない朱房の十手を手に、首筋をひたひたと叩きながら、あちこちに居残っている奉公人らへ、

「どうだい、おめえら。きのうの夕刻あたり、朋輩《ほうばい》で挙動の不審だった者はいなかったかい」

訊いてまわる。もう一人の若旦那の英次郎が一緒で、まわりには朋輩たちがいるのだ。この状況で、

『はい。いました』

などと応える者がいるはずはない。

「旦那。これじゃ心当たりのある者だって吐きやせんぜ」

「分かっておる」

廊下に出たとき留市がそっと言ったのへ、玄史郎はさらりと返した。声をかけたときの、奉公人一人ひとりの挙措や表情の動きを、玄史郎はつぶさに見ていたのだ。

「ふーっ」

と、それを一巡したころ、町医者が年寄りの下男を薬籠持《やくろうもち》に、裏の勝手口から入ってきた。

舞台はふたたび奥の部屋に移った。

薬籠持と留市は廊下に待機させ、部屋には町医者と玄史郎の二人だけとなった。隣の遺体を安置している部屋には、お倫が残っているだけで、六右衛門と雅恵はまだせわしなく動いている。

医者は待っていたのが八丁堀の同心で、のっけから十手を手に片方の手の平をぴしゃりぴしゃりと打っているようすに驚き、

「やはり、お役人が出張っておいでだったか」

差し向かいに腰を据えるなり言った。玄史郎が待っていた言葉だ。

「ほう。やはりとは、あんたも心当たりがありそうだなあ」

「そ、そりゃあ、見れば分かりますよ」

「尋常な死に方ではないと？」

「はい。そのとおりです」

医者は心配げなようすで応えた。

「不審な点があれば、診立ては自身番に話されましたかな」

「いえ。まだです」

梅屋の六右衛門は、室町一丁目の町役の一人なのだ。室町には大店《おおだな》が多く、それだけ町場を代表する権威もある。その権威の一人である六右衛門が、

「――自身番への報告は、いましばらく」

と、止めていたのだ。これも隠居の岩瀬氏紀から、

――話の分かる役人をお倫に付けるゆえ、すべての探索はその者に従え
との言葉があったからだ。

「それはよかった」

「えっ」

報告していないのを叱責されると思っていたところ、役人の意外な反応に医者は驚いたようだ。

玄史郎は言った。

「そなた、この梅屋の娘が武家奉公に出ているのを知っておろう」

「はい。なんでも、ご大身のお旗本とか」

「さよう、先の勘定奉行でなあ。そこでたいそう気に入られて、その親族でしかも室町の梅屋なれば、屋敷出入りの乗物医者を遣《つか》わそうということになって

なあ」

「乗物医者を……でございますか」

町医者は怪訝《けげん》な顔になった。

「そうじゃ。すでに息を引き取ったあとではあるが、ようすを訊いて死因が伝染性のある病か血族的なものかだけでも診ようということでな。そのいずれでもなければよいのだが。日の落ちる前には来るはずだ」

もっともな言い分だが、町医者としてはいい気分がしない。だが、医者は内心ホッとしたものも感じていた。

死因に不審があり、町方が動きだしたなら、死を確認した医者はこれから、詮議のたびに幾度奉行所に呼び出されるか知れたものではない。それは一日仕事となり、手当てが出るわけでもない。わずらわしく、なによりもその間、仕事のできなくなる損害は大きい。

事後であっても乗物医者が診立てたとなれば、さきに診た町医者よりも乗物医者の診立てが通ることは明らかだ。その時点で、未明に駆けつけた町医者は梅屋の一件から離れることになる。

乗物医者といっても、町場に看板を掲げる町医者には違いない。だが、薬籠持の下男の一人か二人を連れ、あるいは自分で薬籠を小脇に抱えて一人で歩いて患家をまわる医者を徒歩《かち》医者といった。それに対し、大層な権門駕籠に乗り、お供の者も代脈《だいみやく》（見習い）に薬籠持、挟箱持と四人も五人も引き連れ往診するのを乗物医者といった。

もちろん、徒歩医者を呼び薬湯を調合してもらって一服二分《にぶ》だったのが、乗物医者を呼んだりすれば、おなじ薬湯であっても倍の四分（一両）にもなり三倍の一両二分にもなり、さらにお供の者たちへの弁当代や草鞋《わらじ》代まで出さねばならない。患家にすれば、家の者に病人が出たとき、徒歩医者を呼ぶか乗物医者を呼ぶかは、その家の家格をあらわすことにもなる。

玄史郎はいま来ている徒歩医者に申しわけないと思いながらも、〝乗物〟を敢えて強調した。

その乗物医者が間もなく梅屋に来る。徒歩医者は、早々に退散しなければならない。同時に、向後のわずらわしさからも解放される。

乗物医者の権門駕籠が梅屋の前に停まっておれば、

『おっ、さすがは梅屋さん』

『大したものじゃ』

町の者は噂しようか。さらに乗物医者の診立てが死因となり、そこに奉行所の同心も同座していたとなれば、もはやどこからも疑いの目は向けられなくなるはずだ。

町医者が帰り、一部屋だけ入っていた客も帰ったころ、中間姿の壱助の先導で乗物医者の権門駕籠が梅屋の玄関前に駕籠尻を着けた。日の入り前の、まだ明るいうちだった。人通りの多い高砂新道であれば、当然大勢の目を引きつける。隠居の岩瀬氏紀は、大本《おおもと》の策は自分が描いたものだから、すぐさまその意味を解し、素早く手配したようだ。

乗物医者が患者を診るときは、代脈や薬籠持が常にかたわらに控えているものだが、対象がすでに死者でもあり、医者は同心姿の玄史郎とうなずきを交わし、供の者をすべて別室に待たせた。

死相を診るのも通り一遍のものだった。それは六右衛門も雅恵も、さらにお倫も含め、承知していることであり、三人はただ、玄史郎とともに固唾《かたず》を呑んで医者の言葉を待った。

医者は言った。

「この者、胃ノ腑の痙攣から瘧《おこり》を発症し、息絶えたものと思われる。軽い熱に極度の精神の緊張が加わったためであろう」

　毒物とも食あたりとも言わなかった。

　部屋にホッとした空気がながれた。

　ただちにその場へ番頭と女中頭、包丁人頭が呼ばれた。

　あるじの六右衛門は言った。

「おまえたち、いろいろ憶測したことだろうが、権威あるお医者の診立ては、斎太郎にはここ数日なにやら思いつめるものがあり、心の疲れから胃ノ腑に異状を来たし、痞を発症して心ノ臓に障《さわ》ったということです」

「そのとおりじゃ」

　医者はうなずきを見せ、その場には奉行所の同心もいる。これほどの道具立てはない。その〝死因〟は、梅屋の奉公人から町内へと広まるはずだ。

　医者は女中頭の案内で、おもての座敷のほうへ移った。

　斎太郎の遺体を安置した部屋には、玄史郎と六右衛門、雅恵、英次郎、さらにお倫の五人が残っている。

「氷室さま。ありがとうございます。これで厄介な事件にならずにすみそうです。したが、これでは逆に斎太郎が浮かばれません。氷室さまは一両日中にと申されました。ほんとうでございましょうか」

「大丈夫です。店の用事で出た者もすべて帰っておりましょうなあ。途中で消えた者などは……」

「おりませぬ」

六右衛門の問いに玄史郎は返し、さらにその問いに雅恵が応じ、

「たとえ斎太郎に毒を盛った者を割り出したとしても、お上の手で首を打っていただかねば、斎太郎の霊が浮かばれませぬ。氷室さまには、如何に処断していただけましょうか」

「これ、雅恵」

雅恵のきつい言いように、横合いから六右衛門が叱声《しっせい》を入れた。

「いや。実際、そのとおりだ」

玄史郎は返した。犯人を割り出したあとの処断を、玄史郎が考えていないはずはない。

だが、その方途で六右衛門と雅恵が納得するかどうかまでは、まだ思慮の外であった。

「氷室さま。いかように……」

「おっ母さん」

なおも詰め寄ろうとする雅恵の袖を、お倫は強く引いた。

「そうそう。それがしは犯人を一両日中に挙げねばならんのだ。今宵は通夜となろうが、お寺での葬儀《とむらい》の用意も進めてよいぞ」

言うと玄史郎は座を立ち、襖の向こうに控えていた留市と壱助に、

「探索は俺一人で間に合う。おまえたちはきょうあす、お倫さんの手足となってやれ」

「へ、へい」

探索の手伝いではなく葬儀準備の手伝いにまわされ、二人とも不満そうに返事をしたが、

「お倫さん。わしらなんでも手伝いますぜ」

中間の壱助が奥の部屋へ声を投げた。

おもてのほうの座敷では、医者のお供の者たちは大喜びだった。なにしろ梅屋での夕の膳なのだ。けさ仕入れた材料をすべて同業に引き取ってもらったわけではない。いくらかは残している。厨房の包丁人らもお運びの仲居たちもいま、その準備に立ち働いている。それらの動きをまた、玄史郎はつぶさに見て

まわった。

屋内ではそろそろ灯りが必要となる時分だった。

（おっ）

と、玄史郎が胸中に声を上げたのは、座敷のほうから廊下を厨房のほうへ向かっているときだった。

膳を抱えて座敷に運んでいた仲居が、

「あっ」

声を上げ立ちどまったのだ。おヨシだった。玄関先でお倫が帰って来たのを見て声を上げ、走り寄って来たあの気のいい若い仲居だ。それだけ玄史郎も気軽に話しかけられる。

「どうした、おヨシ」

「あっ、旦那。おかしいんですよ、これ」

おヨシは両手で持っている膳を、顎《あご》を前に突き出して示した。

見ると、声を上げた理由《わけ》は玄史郎にも分かった。

「ほう、これか」

「そう、そうなんですよ。こんなのおかしい。お医者さまに出せない」

玄史郎が指でさしたのへ、おヨシは困ったような顔つきで言った。

赤身の刺身が千切り大根の上にならんでいる。それの包丁の入れ方が、均等ではない。厚いのに薄いのと、角度も乱れている。

「こんな包丁なら、あたしにだってできる」

「そのようだなあ。俺が包丁を入れても、もっとうまく切れるぜ。で、これは誰の包丁だい」

「周吉《しゅうきち》さん」

言っておヨシはあっといったようすで口を閉じ、すぐに、

「あの包丁さん、ほんとうはいい腕なんですよ。こんなの初めて」

かばうように言っているところへ、

「あら、旦那。なにかその仲居《こ》が粗相でも」

女中頭がすり足で近寄ってきた。

「いや、そうじゃないが」

「これを見てくださいよ」

玄史郎が言いかけたのをおヨシが引き取り、

「まあ、これは。誰です、いったい。わたしがちょいと文句を言ってくる。か

しなさい。あ、おヨシさん。手のすいている仲居と一緒に廊下に掛け燭台《しょくだい》を出し、部屋にも行灯《あんどん》を出しておくれな」

「はい」

女中頭はおヨシから膳を引ったくるように受け取るなり、怒った表情で厨房に向かった。

「あたしは燭台を」

「待ちねえ」

場を離れようとするおヨシを玄史郎は呼びとめ、

「一つだけ聞かせてくれ」

「は、はい。あたし」

おヨシは女中頭に用事を言いつけられ、落ち着かない。

「一つだけだ。おめえ、若旦那の死因《ひと》さ、聞いたかい」

「そ、それは」

「なあに難しいことじゃねえ。いま座敷で夕の膳を摂《と》っているお医者さ、それが診立てた死因をよう」

「えっ。あのお医者さま。なにか嗅ぎ出したのですか」

　おヨシは真剣な表情になった。

「そうか。まだ聞いていねえようだな。さあ、仕事に戻りねえ」

「あのう。ど、どんなお診立てを」

「さあ。ここもだいぶ暗くなったぜ」

「は、はい」

　乗物医者の診立てを聞きたかったのであろう。おヨシは迷いながら女中頭に言われた仕事を優先し、その場を離れた。

「うーむ」

　玄史郎は〝権威〟ある乗物医者の診立てがまだ奉公人たちに行き渡っていないのを確認すると、一人うなった。行き渡っておれば、平常心を失っていた者はいくらかの安堵を覚え、目立つような失態はしないはずだ。

　しかし、それがいた。

　玄史郎はすでに目串を刺す相手を二人に絞った。だが、若旦那の斎太郎にトリカブトを盛ったのはそれらの共謀か、それとも単独か、まだ判断がつかない。その動機もまた、不明なのだ。

五

乗物医者の一行はすでに帰ったが、廊下には点々と掛け燭台の灯がともり、部屋にも行灯の灯りがある。

その一部屋に玄史郎は女中頭を呼び、対座していた。四十路《よそじ》に近かろうか、仲仕事《なかしごと》が身についた、なかなかのしっかり者に見える。

玄史郎はまず浴びせた。

「おめえならもう気づいていると思うが、あの権門の医者の診立ては、世の中を丸く収めるためのものだ」

「は、はい」

緊張した表情で、女中頭はうなずいた。

「それが分かっておれば、話はしやすい」

「はい」

「おめえ、若旦那の胃ノ腑の痙攣なあ、誰の所為《せい》かもう気づいているんじゃねえのかい」

「そ、それは」

女中頭は戸惑いを見せた。

さらに玄史郎はかぶせた。

「俺が訊くのは御用の筋だ。正直になにもかも答えてくれねえじゃ困るぜ」

「は、はい。隠し立てなど、いたしませぬ」

「それでこそ事が丸く収まり、おめえも梅屋を守りたいと願っている一人になる。嬉しいぜ」

「はあ」

「おサトとかいう若い仲居なあ。なかなかいい顔立ちをしているが、男からはけっこうもてているのだろうなあ」

言ったとき、女中頭の表情が一瞬引きつったのを、玄史郎は見逃さなかった。最初に廊下で同心姿の玄史郎を見て、思わず持っていた膳を取り落としそうになった、あの目鼻のととのった若い仲居のことである。

「店のなかで、おサトを懸想人《けそうびと》にしている男はいねえかい」

「それは、その」

女中頭は口ごもった。

「ほれ、正直に答えてくんねえ。質問を変えるぜ」

玄史郎の温情であった。女中頭がその名を口にすれば、トリカブトの犯人を密告《さ》したことになる。玄史郎も、そこが犯人を割り出す鍵になると目串を刺しているのだ。

「おサトの郷里《くに》はどこだい」

「奥州街道の、草加《そうか》の近くの村です」

「ほう。千住《せんじゅ》のつぎの宿《しゅく》だなあ。その村の出の者は、ほかにいねえかい」

「あ、あたくしも、その近くでして。女将《おかみ》さんが千住のお人なものですから、自然、その近辺の土地の者が多く」

「そんな広い範囲じゃねえ。おサトとおなじ村の者はいねえかと訊いているんだ。包丁人の周吉がそうじゃねえのかい。さっき刺身に下手な切り方をした、その包丁人だ。おめえ、あのあと厨房に行って、文句を言ったばかりじゃねえのかい」

「うっ」

「そうなんだなあ」

女中頭はうめき、答えなかったのは、つまり肯定していることになる。

「なるほど、おなじ国者《くにもの》ってことだな。よし、おめえはもういいぜ。包丁人頭をここへ呼んでくんねえ」

「は、はい」

女中頭は戸惑ったように返事をし、腰を上げようとしたがすぐにその所作をとめ、

「あのう」

ふたたび座りなおした。

「なんでえ。つぎの出番は包丁人頭だぜ。最後の幕は周吉と膝詰ってえことになるかもしれねえがな」

「その、そのことなんです。こんなこと、言っていいかどうか」

「ほう。なにやら楽屋の話がありそうだなあ。言ってみねえ。なあに、なにを聞かされようが、おめえから聞いたってことは誰にも言わねえ」

「はい」

それでも女中頭は気になるのか、閉められた襖のほうへちらと目をやり、声を落として話しはじめた。

「おサトさんに想いを寄せていたのは、厨房の周吉さんだけじゃございません。

女将さんが千住の人なら、若旦那も女将さんをつうじておなじ国者と言えなくもありません。あたしたち、奥州街道のあの近辺の出の者は、お江戸ではみんなそういう意識がありますから」

「なんだって？　斎太郎もおサトに懸想していたっていうのかい」

行灯の炎が小さく揺れた。女中頭は周吉やおサトをかばう気持ちから、話しはじめたようだ。

「はい、そうなんです。周吉さんはおとなしく口数も少ない、いい包丁人なんです。おサトさんより五つほど年上で、おサトさんが草加の在からここへ奉公に上がったときには、それはそれは妹のように面倒をみて、それでいつしかお互いに、その……」

「ほう、親切心が恋心にかわね。おなじ国者同士で、よくあることじゃねえか。で、どうなったい」

「そのうち、斎太郎若旦那もおサトさんに……。それが誰の目にも分かるようになったのは、去年の秋ごろからでした。それでわたくしども奉公人一同も、どうなることやらと気を揉んでおりましたのでございます」

「うーむ、そうかい。そういうふうに、舞台は進んだのかい。だったらおめえら奉公人にすりゃあ、場合によっちゃあおサトが梅屋の若女将《わかおかみ》にってえことにもなりかねねえなあ」

「………」

女中頭は無言の返事をした。

「それでどうなったい」

「つい最近、今年に入ってからのことでございます。旦那さまの親戚筋から、斎太郎若旦那に縁談が持ち込まれたのでございます」

「ほう」

「若旦那はそれをお断りになり、そのあとすぐでした。おサトさんがおもての仲働《なかばたら》きから奥向きの女中に変わることになったのです。女将さんがそれをあたくしに話されたのは、そう、春嵐のあった翌日でした」

「ふむ」

全容が見えてきたことに、玄史郎は得心したようにうなずきを入れた。

女中頭はさらに言った。

「おサトさんが奥に入る日が、実はきょうだったのです」

「えぇえ！」

玄史郎は声を上げ、

「これだけ聞かせてくれ。おサトは奥向き女中になることを、喜んでいたのかい。それとも不承不承ってとこかい」

「そ、それは……」

女中頭はいくらか口ごもり、

「おサトさんはあたくしに、いろいろお世話になりました……と。嬉しそうに挨拶をしておりました」

「そうか。なるほどおサトにも、女の打算があったってわけだな。よし、おめえはもういいぜ。もちろん、おめえから聞いたってことは誰にも言わねえ。さあ、つぎは包丁人頭だ。呼んでくんねえ。そうそう。それに、ここで俺と話したことは誰にも言うんじゃねえぞ。仲居たちには素知らぬふりをして、若旦那の死因はあくまで権門のお医者が診立てたとおりとしておくのだ」

「はい」

女中頭は丁寧に辞儀をし、部屋を出た。

「ふーっ」

玄史郎は大きく息をついた。行灯の炎がまた揺れた。

おサトに女の打算があれば、周吉との共犯の線は薄れる。だが、周吉一人が仕組んだにも、生薬屋《きぐすりや》じゃあるまいし、

(トリカブトの根っ子など、どうしてこの時期に持っていやがった)

トリカブトの青紫色の花が咲くのは秋で、いまの春先に見つけるなど素人にできることではない。

「へい、旦那。参りやしたが、なにかご用で」

襖の向こうに声が立った。

「おう、頭《かしら》。待っていたぜ。入んねえ」

声をかけると同時に襖が開いた。

包丁人頭が目の前に端座の姿勢をとるなり、

「周吉のことで聞きてえ」

玄史郎はいきなりかぶせた。

「えっ、旦那。若旦那はご自分で胃ノ腑の痙攣を起こしなすったのでは」

「ほう。訊きもしねえ若旦那のことを周吉がらみで言うたあ、おめえ、気づいていやがるな」

「あっ」

包丁人頭は慌てたように口を押さえた。正直そうな四十がらみの男だ。はずした前掛を手に持っている。

入っていたお客や乗物医者の一行が帰ったからといって、奉公人たちが手持ち無沙汰になったわけではない。英次郎が留市と壱助を提灯持に、室町の町役や今夜中に知らせられる親戚をまわり、弔問客がつぎつぎと来はじめていたのだ。その接待に、奉公人たちは立ち働いている。

当然、来た客は、

「お若いのに、なぜ急に」

驚きとともに奉公人たちに訊く。

仲居も包丁人たちも言っていた。

「――はい。気苦労から胃ノ腑を痛めなさって……」

「――急な痙攣で。えらいお医者さまがお診立てになり……」

答えていた。乗物医者の診立てた〝死因〟は、どうやら玄史郎がおヨシと話し込んでいるあいだに広まったようだ。

廊下を慌ただしく数人の足音が、奥のほうへ通り過ぎて行った。また弔問客であろう。

襖の中では、

「ま、いいや。このあとは、訊いたことにだけ正直に答えてくんねえ」

「へえ」

玄史郎の伝法な口調に、包丁人頭は端座ながら肩の力を抜いたようだ。

「最近、周吉がそわそわしたようすで、どこか遠出はしなかったかい」

「そわそわではありやせんが、みょうな外出がありやした」

「みょうな？」

「へえ。鰌《どじょう》でさあ」

「鰌？　まだ早いぜ」

「そうなんで。ところが周吉の野郎、在所じゃ春嵐が終わったころには出はじめ、獲《と》れる場所も知っているから、一日だけ見に行かせてくれ、と」

「あ、そうか。あのあたり」

玄史郎は合点した。奥州街道は草加のあたりから利根川《とねがわ》の手前の幸手《さって》の近くまで沼地が多く、蓮根《れんこん》と鰌の産地として知られ、蓮根を煮込んだ鰌汁《どじょうじる》が土地の名物となっている。江戸での鰌汁や鰌鍋の多くがこの土地の産で、梅屋でも出しているが、蓮根の採取は夏場から冬にかけてであり、鰌が獲れるのは春の終わりごろから秋までで、春嵐の吹いたころはまだ早すぎる。

「ですが周吉の野郎、あのあたりの国者《くにもの》で、あっしも他店《よそ》さまより季節物を早く出せたらと色気を出しやしてね。三日前《めえ》でやした。見に行かせたんでさあ。朝早くに出て、日暮れ時に帰《けえ》ってきやしてね」

「鮨はいたのかい」

「いやせん。やっぱり早すぎやした。それでも土地のお百姓衆と、初物の仕入れの話をまとめてきやしたので、無駄にはなりやせんでしたがね。それにしても毎年、鮨の仕入れには野郎を行かせているんですが、こんなまだ夜は冷え込むような時分に行きたいと言ったのは、これが初めてなんでさあ。だからみょうなんで」

包丁人頭は言った。

「去年の秋ごろも、周吉は仕入れに行ったかい」

「へえ。行かせやした。それがなにか」

「いや、なんでもねえ。もう一つ訊きてえ」

「なんなりと」

「きのうの夕餉《ゆうげ》だ。斎太郎の膳は誰がつくったい」

「誰がって、あっしらでさあ」

　あたりまえの答えだったが、奥向きの膳は厨房の台に載せたのを仲居が運ぶのを、さっき検分に行ったとき現場で聞いている。旦那から女将、斎太郎、英次郎の分と順に運ぶから、どの膳が誰のところに行くかは、

（分かるはずだ）

　玄史郎は思ったものである。

　しかもそれらは、蠟燭《ろうそく》の薄暗い灯りのなかでおこなわれる。直前に茎の一本を秘かに煮るも刻《きざ》むも、周吉なら容易にできるはずだ。さらに吸い物か煮込みの中へ混入するのも、

（できないことじゃねえ）

　思ったとき、玄史郎の脳裡にあるのは、

（どうやってトリカブトを手に入れやがった）

　その一点のみとなっていた。いまそれが、解明されたのだ。

「ご苦労だったなあ。もう厨房に戻っていいぜ。あしたはお寺で葬儀《とむらい》だ。おめえさんらもなにかと忙《せわ》しなかろうが、奥向きを手伝ってやんねえ」

「へえ」

包丁人頭が腰を上げ、襖を開けたのを、

「あ、待ちねえ」

呼びとめ、

「女中頭にも言っておいたが、厨房も今夜は誰も外に出しちゃならねえぞ。それに、ここで俺と話したことは……」

「かしこまりやした」

女中頭と同様に口止めし、斎太郎の死因についてもおなじ指示を出した。包丁人頭は得心したように頭を下げ、廊下に出るとあたりをうかがい、そっと襖を閉めた。

鮪が出なくなるころ、トリカブトの花は咲く。青紫色で鶏《にわとり》の鶏冠《とさか》に似た形が特徴で、だから鳥兜《とりかぶと》なのだが、この時期なら素人でも見分けがつく。場所を覚えておけば、多年草なので一冬を越しても根がなくなることはない。

去年の秋に草加近辺の沼地に行ったおり、それを找《さが》しだし、おサトが奥向きへ入る前に理由をこしらえ、掘り起こしに行った……。

つぎつぎと来ていた弔問客が絶え、玄関の灯が消えたのは夜四ツ（およそ午後十時）時分だった。留市も壱助も、葬儀手伝いと玄史郎の手下《てか》として、梅屋に泊まり込むことになった。

奥の一室である。行灯一張《ひとはり》の灯りがある。

六右衛門と雅恵、それにお倫と玄史郎の四人の顔がそろい、いずれも端座の姿勢をとっている。

「旦那さんに女将さん、最初のうちに話してもらわねば困りますなあ」

玄史郎は苦言の態で言い、

「斎太郎さんの膳にトリカブトを盛ったのは、包丁人の周吉ですよ」

「ええぇ！」

驚きの声を上げたのはお倫だった。六右衛門と雅恵は、淡い灯りのなかに蒼ざめている。見当はつけていたのだろう。

玄史郎はその二人へ交互に視線を向け、

「どの奉公人から聞いたとは言いますまい」

前置きし、これまでの聞き取りの内容を語り、

「おサトに女の打算があったなら、周吉には男の意地が働いたのでしょう。しかし腹が立つほど浅はかで、斎太郎さんにはもう気の毒というほかはありませ

んがね」

さらにつづけた。

「おサトに落ち着きがなかったのは、斎太郎さんの変死を聞いたときに、誰が毒を盛ったかすぐ気づいたのでありましょう。おサトが黙っていたからとて、責めてはいけませんぞ。あなたがたも、おサトと斎太郎さんの情交《わけ》ありは話さなかったのですからなあ」

「お父つぁん！　おっ母さん！」

お倫には、初めて聞く話だった。両親へ投げた視線は、心ならずも険《けん》を含んだものとなっていた。

「ううっ」

淡い灯りのなかに、六右衛門のうめき声がながれ、雅恵は膝に置いた握りこぶしをわなわなと震わせていた。

（気づいておれば、もっと配慮しておれば、斎太郎は死なずにすんだ……）

思っているのだろう。

玄史郎は、六右衛門と雅恵に言った。

「鍛冶町のご隠居の意向もある。この件の処置はすべてそれがしに任せてもらいましょう。異存はありませぬなあ」

　二人とも、

「…………」

　無言でうなずいた。打ちひしがれ、自責の念に駆られているのかもしれない。

雅恵は昼間のように〝お上の手で打っていただかねば〟とも、まして高飛車に〝如何に処断していただけましょうか〟などと言うこともなかった。


　おもての座敷が、玄史郎たちの部屋に充てられていた。

　廊下にはまだ掛け燭台の灯が点々と点いている。

「もし、玄史郎さま」

　部屋に帰る玄史郎を、お倫が追いかけてきた。

　蠟燭《ろうそく》の灯りの前で、玄史郎とお倫は立ち話のかたちになった。声を極度に落としているのは、深夜のせいばかりではない。

「玄史郎さま。まさか周吉を不問にするのではありますまいなあ」

「なにを言う。処断はする」

「単に処断だけでは、わたくしの気持ちが晴れませぬ」

「なにが言いたいのです」

「玄史郎さま。仇討ちをさせてくださいまし」

決意を込めた言いようだった。

玄史郎は気づいた。

(この女人《にょにん》、斎太郎の死相を見たときから、意を決していたか)

だが、敵討《かたきう》ちは武家にのみ許されることである。腰元は武家でも武門の女でもない。それでも討ったなら、単なる殺しでしかなくなる。

「なにを言うかと思えば。さあ、あしたは葬儀ですぞ。きょうはもう遅うござる。早う寝なされ」

玄史郎はお倫の矛先《ほこさき》をかわし、部屋に向かった。背にお倫のきつい視線を感じた。その痛いほどの感触は、寝床に入ってからも消えなかった。

四　裏の後始末

一

いずれからか鐘の音が聞こえる。

捨て鐘が三つにつづいて六打ち、日の出の明け六ツだ。

明かり取りの障子が、白く浮かんでいるのが感じられる。

「いかん」

玄史郎は跳ね起きた。鐘の音よりも、揺り起こされたのだ。

なにがいかんのか、自分にも明瞭な説明がつかない。

ともかく目を開けると、そこにお倫の白い顔があったのでは、戸惑いを感じざるを得ない。

同時に、いましがた感じた〝いかん〟とは異なる、現実の〝いかん〟が脳裡に戻ってきた。

――仇討ち

である。

それこそが、持たせるわけにはいかない。

(いかん)

のだ。お倫に〝殺し〟の刃物など、持たせるわけにはいかない。

「お倫さん。きょうの予定は?」

「なにをおっしゃっておいでですか。斎太郎の葬儀《とむらい》じゃありませんか」

「それは分かっております。お倫さんは?」

「もちろん、準備がととのいしだい、お寺まで野辺送《のべおく》りです。きょうは一日中お寺で、ここへ戻ってくるのは夕刻かと思います」

「ふむ」

玄史郎はうなずき、

「ともかく私も身支度をととのえねばならぬゆえ」

「ですから、玄史郎さまのきょうのご予定を伺いに参ったのでございます」

「奉行所にな、戻らねばならぬゆえ、用事が終わればすぐまた此処《ここ》へ戻ってくる。まだ始末がついておらぬゆえなあ」

「まことに」

応じたお倫の声は低かった。

玄史郎にはその声に、不気味さが感じられた。だが、きょう一日は弟の葬儀でお倫は余分のことに手出しはできまい。

「ともかく留市と壱助はここに置いておくゆえ」

玄史郎は言い、

「周吉とおサトの見張りだ」

「はい」

声を低めたのへ、お倫も低く返し、

「ならば、ごゆるりと」

端座で深く辞儀をし、うしろ下がりに部屋を出た。実家に帰っていても、玄史郎の前では武家の作法だ。

「おっ、いかんわい。俺としたことが」

玄史郎はまだ寝巻で、蒲団の上に上体を起こしたままだったのだ。

その脳裡には、お倫と話しながらも、もう一つの〝いかん〟を思い起こしていた。きょう、奉行の筒井政憲《つついまさのり》に〝神隠し〟の一件落着を報告しなければならないのだ。

隣の部屋には留市と壱助が寝ている。

襖《ふすま》越しに、

「おい。起きているか」

「へい」

「すでに」

二人は返し、襖を開けた。留市は職人姿に、壱助は中間《ちゅうげん》姿に身なりをととのえていた。

奥のほうがなんとなくあわただしい。きょう一日の準備がすでに始まっているのだろう。

玄史郎が同心姿で梅屋の玄関を出たとき、すでに暖簾《のれん》のかわりに忌中《きちゅう》の幔幕が張られていた。

喪服の六右衛門と雅恵が見送りに玄関まで出てきて、玄史郎と無言のうなずきを交わした。

(周吉の処断は任せておけ)

(なにとぞ、よろしゅう)

奉公人たちが忙《せわ》しなく出入りしている。声に出して言うわけにはいかない。高砂新道《たかさごじんみち》から神田の大通りへ出た。通りに軒をつらねる商舗《みせ》はすでに大戸《おおど》を上げ、あるいは雨戸を開け、手代が暖簾を出しておればその横で小僧が往還に水を撒き、茶店では茶汲み女が店先に縁台をならべている。朝五ツ（およそ午前八時）の時分だ。荷馬や大八車も出ている。江戸の一日はとっくに始まっているのだ。

「あれえ、旦那。お早いお見まわりで」

「朝からご苦労さんでございます」

いつもの定町廻りではなく顔を知らなくても、一目で八丁堀と分かるいで立ちで、雪駄に小気味のいい音を立てて歩いておれば、道端から声がかかる。

「おう。精が出るのう」

と、玄史郎はそれらの一つ一つに返している。ここで急ぎ足になったり、まして走ったりすれば、

『なにごと！』

と、町に不安をかき立てることになる。町奉行所の同心が町場に悠然と歩を進めるのは、威張っているのではない。それが町に事件はないとの証《あかし》になり、

お江戸の住人にその日の安堵を与えることになるのだ。

日本橋もすでに活気に満ち、下駄の音や大八車の響きに雪駄の音はかき消されている。

「ふーっ」

その江戸の音のなかに、またもや玄史郎は大きく息をついた。留市と壱助を梅屋に残したのは、周吉とおサトの見張りばかりではない。お倫もまた、見張っておかねばならない。目を離せば、梅屋の中でまた殺しが発生するかもしれないのだ。

それにもう一つ、忌中の梅屋に同心姿がうろうろしていたのでは、せっかくの乗物医者の診立てを打消し、

『やはり若旦那は……』

噂を生むことになる。そのためにも現場を離れる必要があった。

『きのう八丁堀が来ていたが、もういねえぜ』

高砂新道では、住人や往来の者が噂することであろう。このあたりになれば、小銀杏《こいちょう》の髷
橋の南詰に出て、さらに歩を南へ進める。このあたりになれば、小銀杏《こいちょう》の髷で着流しに黒羽織の八丁堀姿は珍しくない。街道を東へ折れれば八丁堀で、西

への枝道に入って歩を進めれば江戸城の外濠《そとぼり》に出て、北町奉行所の呉服橋御門や南町奉行所の数寄屋橋御門は近いのだ。

春嵐の日、小谷健一郎と〝神隠し〟の引き継ぎをした茶屋の前を過ぎ、数寄屋橋御門に向かった。

ちかごろ大きな事件はなく、奉行所にさしたる緊迫感はただよっていなかったが、門に近い同心詰所には相変わらず町人が群れていた。土地争いや財産相続など公事《くじ》（訴え事）の順番を待つ人々だ。それらの処理は定町廻りの役務だが、どちらの言い分が理にかなっているかどうかの探索というより、調査が隠密廻りにまわってくることもある。

（さて、お奉行は出ておいでか）

思いながら正面玄関を入った。

廊下で与力の永鳥政秀《ながとりまさひで》と会った。

「おぉう、氷室。定町廻りが最近上げてくる町の噂のなかに、新たな神隠しはないが、うまく処理したようだなあ」

「はぁ。まあ、なんとか」

永鳥与力が言うのへ、玄史郎は曖昧《あいまい》に応えた。与力といえど、奉行直属である隠密廻りの役務は、詳しくは掌握していない。

「そのことで、いまからお奉行に報告をと思いまして」

「おぉ、いまおいでじゃ。行ってこい、行ってこい」

永島与力は奥のほうを手で示した。詳しく訊かないのは、奉行直属の者への配慮か。

奥の部屋で待たされることもなく、奉行はすぐに出てきた。しかも端座するなり、

「氷室、ご苦労だった。愛宕下の大名家が、お家の内向きに問題を抱えていたようじゃなあ。それで町場の娘を拐《かどわ》かすとはけしからぬ話じゃが、まあ、うまく収めたと聞く。きわどいところじゃったが、大名を評定所に呼び出すこともなく、此度《こたび》の収め方、見事であった」

「はーっ」

玄史郎は平伏した。

(お奉行はなぜご存じ。大目付が秘かに監視しておったのか)

畳に額を近づけたまま、玄史郎は考えた。

(江戸の町には、やはり町奉行所の隠密廻りを上まわる目があるようだ)

だが、奉行の筒井政憲は言った。

「あのご老体も言っておいでじゃった。いまの隠密廻りにも、なかなか機転の利く手練《てだれ》がおるようじゃ、と」

「ははーっ」

奉行は上機嫌だった。

玄史郎は奉行の前を下がった。報告に行ったつもりが、声を出したのは〝ははーっ〟と〝ははーっ〟だけだった。奉行はなにもかも承知していたのだ。玄史郎に、大名家による町娘の拐《かどわ》かしを一言も話させなかった。まるで、かかる事件があったことを、

『忘れよ』

と言っているようだった。

それに、あのご老体とは……、岩瀬氏紀《いわせうじのり》ではないか。そもそも〝拐かし〟の一件は、氏紀の姉君紀江《のりえ》が氏紀をせっついて動かし、氏紀が南町奉行の筒井政憲に隠密廻り扱いを要請し、お鉢が玄史郎にまわってきたのだ。

いま手を染めているお倫の梅屋の一件は、奉行所とは関係なく氏紀から直《じか》に要請されたのだ。奉行に話が行っているかどうかは知らない。いずれにせよ、

奉行が玄史郎に結句を訊くことはないはずだ。

それなら、

（あくまで俺一人の裁量で、収めてやろうじゃないか）

廊下を下がりながら思えてくる。

同心溜りには寄らず、そのまま玄関に向かい、奉行所の正面門を出た。

石垣が桝形《ますがた》に組まれた数寄屋橋御門も出た。橋を渡れば町場だ。

「よしっ」

気合を声に出した。

街道を横切り、八丁堀に戻った。

姉の千鶴《ちず》が来ていないのがさいわいだった。昨夜は探索の必要からとはいえお倫の実家である室町の梅屋に泊まったなどといえば、大騒ぎすることだろう。千鶴は、お倫が武家の出かどうかなどもはや関係なく、お倫を相当気に入っているようだ。それに、梅屋ともなれば二百石、三百石の旗本などより、内所ははるかに裕福なのだ。

八丁堀組屋敷の冠木門を出た玄史郎は、股引に腰切半纏を三尺帯で決めた職人姿になっていた。髷は小銀杏のままだが頬《ほお》かぶりで隠している。袷《あわせ》の着物を尻端折に挟箱《はさみばこ》を担ぎ大小を小脇にした吾兵衛が、二間（およそ四米《メートル》）ほど遅れてつづいている。着流しに黒羽織のときのお供なら、ほんの二、三歩うしろにつくのだが、職人姿に挟箱の下男が供をしているのなど不自然だ。二間も離れておれば、人目にはまったくの他人同士に見えるだろう。挟箱の中には捕物道具のほかに八丁堀の衣装一式が入っている。

二

玄史郎の足はふたたび日本橋に入り、北に渡った。そろそろ太陽が中天にかかろうかという時分になっている。

足は街道から高砂新道に折れた。

けさ方のように挨拶をする者もいなければ、まして揉み手をしながら道を開ける者もいない。隠密廻り同心として、顔を覚えられていないのはかえって好都合だ。

「へい、ご免なすって」

と、逆に玄史郎のほうから腰を低くし、人混みを縫って歩を進める。行く先はもちろん梅屋だ。だから職人姿を扮《こしら》えているのだ。

忌中の幔幕をくぐると、

「あ、旦那。異常ありやせん。壱助もいまこちらにおりやす」

と、おなじ職人姿の留市が低声《こごえ》で出迎えた。

留市と壱助が梅屋にそろっているということは、包丁人の周吉と仲居のおサトもいま梅屋にいるということになる。けさ梅屋を出るとき、玄史郎が六右衛門と雅恵に、そうするように指示していたのだ。〝極秘に収める〟策は、昨夜からすでに進行しているのだ。

奉公人の半数は梅屋での野辺《のべ》送りから、女中頭の差配でそのままお寺へ手伝いに行ったようだ。居残り組は包丁人頭が仕切っているようだ。気のいいおヨシも居残り組のほうにいた。

番頭はけっこう忙しい。きょうあすの分の予約もある。手代を連れ、一軒一軒まわっている。

「留市、俺の挟箱持はおめえにやってもらうぜ」

と、玄史郎は供に連れてきた吾兵衛を八丁堀に帰した。

すでに中食《ちゅうじき》の時分となっている。

玄史郎は包丁人頭をそっと物陰に呼んだ。

「居残り組を全員なあ、下足番《しょうばん》も小僧たちもだ。一堂に集めての昼めしにしねえ。俺たちもそこへご相伴《あずか》に与るからよ」

「へい。そのほうがみんなも喜びまさあ。で、なにか特別なお考えでも？」

「余計なことは訊くな。いいか、若旦那の死因は、きのうも言ったろう。あくまでも権門の医者が言ったとおりだぜ」

「へえ。それはもう、心得ておりやす」

包丁人頭は恐れ入るように頭をぴょこりと下げた。

普段なら中食は厨房もおもての仲居たちも一同がそろうときはなく、手の空いた者から順に奥ですませている。包丁人頭が〝みんなも喜びまさあ〟と言ったのは、そうした事情からだろう。

全員がそろうため、おもての座敷に盛り合わせの膳が運ばれた。それぞれが自分でご飯をよそって適当に大皿の惣菜をつつく。

包丁人が頭《かしら》を入れて三人に仲居は二人、下足番や飯炊きの年寄りが三人、それに小僧が二人だった。仲居の二人はすなわち、おヨシとおサトだ。二人ならんで座をとっている。仲居の多くはお寺での手伝いに出たようだ。番頭や手代はまだ忙しそうに外をまわっている。

そこへ玄史郎に留市と壱助の三人が加わった。

「奥には悪いけど、こんな機会ってめったにないですよねえ」

最初に遠慮なく言ったのはおヨシだった。

本来なら笑いが出るところだが、場合が場合である。無言でまわりはうなずいた。玄史郎が同心姿でないのが、座のぎこちなさをいくらかはやわらげていようか。

しかしそのなかに、固い表情で挙措《きょそ》にも落ち着きのない者が二人いる。周吉とおサトだ。周吉が若旦那の斎太郎に毒を盛り、おサトがそこに気づいているとあっては、それも当然といえよう。

だが、まわりの者はそうはみていない。斎太郎の死はあくまで、当人の神経的なものから来る胃ノ腑の痙攣が原因なのだ。

おサトと周吉が一時期情交ありであった仔細《わけ》は、まわりの者は知っている。二人の挙措がぎこちないのは、それがあるからと皆は思っているようだ。もちろんそれもあろう。二人は離れて座をとり、互いに視線の合うのを避けているように見受けられる。

「ねえ、旦那」

またおヨシが言った。

「えらいお医者さまが来て、お役人が関わるようなことはなくなったというのに、なんでまた旦那、お越しになったのですか。そちらの留市さんのお仲間みたいに、みょうな変装までして」

「あはは、これかい。ま、かたちばかりのことと思ってくれ。仔細はない。このお倫さんを知っているものでなあ。心配になって来ただけのことだ」

「えっ。そうなんですかい？」

味噌汁の椀を持ったまま思わず言ったのは、飯炊きの爺さんだった。お倫を小さいころから知っている。まわりの者も、二人の関係にみょうな気をまわしたのが雰囲気からも分かる。

「いやいや。そんな関わりじゃねえぞ。武家奉公をしているからだ。その屋敷のあるじは、以前南町のお奉行だったことをおめえら知っているかい」

「そういえば、そんなこと聞いたことありやすぜ」

周吉の横に座っている包丁人が言い、

「そのとおりでさあ」

「あっ、あたしも聞いたことがある。それでお知り合いだったんですか。どうりできのう、お倫お嬢さまとご一緒だったんですね」

中間姿の壱助が肯是《こうぜ》の声を入れたのへ、おヨシが得心したようにあとをつないだ。

周吉とおサトをのぞき、座にやわらかさが増した。

玄史郎の望む雰囲気である。

「でもさあ、旦那」

と、おヨシはまた言った。おヨシには奉公人のなかで、八丁堀の旦那と最初に親しくなったのは自分との自負心がある。

「もしも、もしもですよ。若旦那に誰かがなにか仕掛けたとなれば、どうなるんですか」

周囲に目に見えない緊張が走った。乗物医者のお診立てがあるとはいえ、誰もが、

(もしや)

と、疑っていることでもある。ただ、口に出さないだけだ。

おヨシはそれを舌頭に乗せた。

うつむいていたおサトが、ちらと周吉に顔を向け二人の視線が合うなり、また双方とも顔をそむけたのを、玄史郎は見逃さなかった。ほんの瞬時のことだったが、周吉の顔は蒼ざめ、挙措も固いのは、懸命に平静をよそおうとしているからであることを、玄史郎は看《み》て取っている。

おヨシのその言葉も雰囲気も、玄史郎が期待していたものである。もしおヨシの口からなにも出なかったなら、

「――留、おめえが俺に訊け」

中食の座に加わる前、玄史郎は留市に言っていたのだ。

「そりゃあ、おめえ」

玄史郎は口の中のものを、お茶でごくりと胃ノ腑にながし込み、

「それが奉公人だったとしてみねえ。与太同士の喧嘩ならせいぜい島送りくらいだが、主筋《しゅすじ》の者を殺したとなりゃあそうはいかねえ」

「どうなりますので」

若い包丁人が問いを入れた。

「ただ首を打たれるだけではないぞ」

「だ、だから、どのように」

またさっきの若い包丁人だ。

まわりの者も、手も口もとめ、固唾を呑んでいる。

そこに職人姿だが同心である玄史郎の声が、ゆっくりとながれた。

「まず裸馬に乗せられ、市中引きまわしだ。そうよなあ、ここのすぐ前の大通りも通るぜ。そのあと、江戸より西の出の者は品川の鈴ケ森《すずがもり》、東の者なら千住の小塚原《こづかっぱら》で磔刑《たつけい》、つまりはりつけだ」

座に茶碗の音ひとつ立たない。

声が洩れた。

「わしらなら、小塚原だなあ」

飯炊きの爺さんの、皺枯《しわが》れた声だった。

一同が心中にうなずいているのが、その場の気配から分かる。

玄史郎の低い声はつづいた。

「あれは痛いぞ。槍は銹槍《さびやり》で二本だ。まず目の前でけら首がカチャリと十字に組まれ、つぎに両腋《わき》へぶすり。それだけじゃ死なない。罪人はこの世のものと思えぬほどの悲鳴を上げ、抜くときだって耐えられるものじゃねえ。血がしたたる。そのあと腹でもぶすりぶすりとやられてみねえ。その断末魔は地獄としか思えねえ。そのときの差配の役人に温情があれば、槍突きへ早々に心ノ臓を刺せと命じてくれる。はりつけられた者は、どんな極悪人でも、この世の地獄から逃れるにはただそれを願うしかねえ。いつものことだが、その悲鳴が仕置場に響きわたらあ」

「そ、そのとおりだ。ずっと前だ。小塚原で刑を見たっていう人から聞いたことがある」

包丁人頭の声だった。興奮を抑えた、神妙な声だった。

「ほう。直接見た者から聞いたかい。そのあとのことは聞かなかったか」

「い、いえ。そ、それだけで」

「だったら教えてやろう。首と胴は斬り離され、胴は試し切りの用に供されて斬り刻まれ、首は獄門台に三日間さらされ、これが世にいう獄門首だ」

「やめてーっ」

悲鳴のような声を上げ、耳をふさいだのはおサトだった。

玄史郎は周吉のほうへちらと目をやった。左手に茶碗を、右手に箸を持ったまま顔面蒼白となり、小刻みに震えている。

「さあ」

玄史郎は口調を変え、

「ともかく乗物医者のおかげで、この梅屋は世間の好奇の目にさらされることはなくなったのだ。おめえらみんな安心していいぜ。おう、お頭《かしら》」

「へえ」

包丁人頭に言った。

「そこの若いのが気分を悪くしたようだ。俺も言わずもがなのことを言ってしまってすまねえ。奥へ連れて行ってしばらく横にさせてやんねえ」

「へえ。そういたしやす。おい、立てるか」

包丁人頭は腰を上げ、引っぱり上げるように周吉の腕を取った。

玄史郎が思った以上の周吉の反応だった。ともかくみんなと一緒に動いているよりも、奥で寝かしているほうが監視はしやすい。

中食の膳はふたたび進みはじめた。

それぞれの挙措が、ぎこちなくなっているのは仕方のないことか。奉公人らは心の奥底では、斎太郎の死が人為的なものであることへの疑いを、完全に払拭《ふっしょく》しているわけではないのだ。

「大丈夫？　箸がぜんぜん動いていないみたいだけど」

「え、えぇ」

おヨシがおサトに声をかけた。実際、おサトの手の動きはとまっていた。というより、からだ全体が硬直しているようだった。

包丁人頭が座敷に戻ってきた。

「野郎、やっぱり八丁堀の旦那の話が身に堪《こた》えたようだ」

「うぉっほん」

座りなおしながら言ったのを、玄史郎は咳払いで制止した。

三

時間をかけた中食が終わり、あとかたづけもすませたころ、

「こちらへの弔問の方はありませんでしたか」

と、女将の雅恵が女中頭をお供に寺から帰ってきた。お倫も一緒だった。

「大事な用事がありましてね」

迎えに玄関まで出た包丁人頭とおヨシに女中頭が言った。

「ほう。やはり戻られたか」

「これは氷室さま。ちょっとお話が」

座敷から廊下に出てきた玄史郎に、雅恵はふかぶかと頭を下げた。玄史郎が姿を変えて再度出張《でば》って来ることは、あるじの六右衛門も雅恵も承知している。きのうのうちに〝あとの処置〟のため、玄史郎と話し合っていたのだ。

灰色の着物に黒い帯で、無言で会釈するお倫の姿が、

（まだ仇討ちの意志は消えていないのか）

と、玄史郎には気になった。

奥の部屋で玄史郎と雅恵の話は短かった。

おもての座敷への廊下に、またお倫が追いかけてきた。玄史郎の前に通せんぼをするように立ち、

「今宵、わたくしもご一緒させてくださいまし」

顔を近づけなければ聞こえないほど小さな声で言った。

その挙措が、かえってお倫の決意を見せているようだ。むろん玄史郎と両親の策を、お倫は承知している。その上で、お倫は言っているのだ。

玄史郎は一歩引いた。

お倫は一歩踏み出た。

「いいでしょう」

玄史郎は応じざるを得なかった。

(単独で動かれたのでは、かえってまずい)

そう判断せざるを得なかったのだ。

そのあいだに、おサトが奥に呼ばれていた。

その時間も短かった。

雅恵にすれば、昨夜から考えた末での措置だ。一時は斎太郎に哀願され、店の包丁人と情交《わけ》ありだったことも知っての上で、奥に入れることを容認した仲居である。だからでもあった。お寺で斎太郎を冥土へ送る誦経《ずきよう》と線香のなかで決断した。

(直截《ちよくせつ》の敵《かたき》は氷室さまにお任せするも、おサトも許せない)

だが六右兵衛は、雅恵が感情のままに走るのを許さなかった。

奥で雅恵と話したとき、玄史郎はうなずいていた。

「――そりゃあ、ご亭主の言うとおりだ」

と。

おサトを奥に呼んだあと雅恵は、こんどはおヨシを供に寺へ戻った。おサトの処理にだけ、寺での葬儀《とむらい》を中座してきたのだ。

女中部屋には女中頭とおサトの二人だけとなった。

女中頭は言った。

「理由《わけ》は分かっていますね」

「はい」

顔面蒼白のまま小さくうなずいたおサトが、身のまわりの物だけをまとめた風呂敷包みを小脇に、女中頭だけに見送られ裏の勝手口から梅屋を出たのは、そのあとすぐだった。当面の口糊《くちこ》しに困らないだけの金子を、雅恵はおサトに渡している。

勝手口の板戸を中から閉めようとした女中頭に、

「あのう」

おサトは身をかがめ、消え入りそうな声で訊いた。

「周吉さんは、どうなりましょうか」

乗物医者の診立てとは関係なく、周吉が若旦那に毒を盛ったことをおサトは確信している。

「そんなこと、あたしが知るわけないじゃないの」

冷たく言うと、女中頭は内側から板戸を閉めた。

周吉は奉公人部屋で、掻巻《かいまき》をかぶって寝ている。目は冴えている。だが、起きられない。起きれば挙措を怪しまれる。手足の震えが止まらないのだ。さきほどの玄史郎の話が、耳にこびりついて離れない。

「ううううっ」

不意にうなり、

（あぁぁぁぁ）

叫ぼうとするのを、懸命に堪《こら》えている。

目の前で錆槍がカチャリと音を立てる。

（ひーっ）

腋下に刺し込まれた錆槍の穂先が、肩を突き破ったのが見える。

悲鳴の上げようもない。

抜かれた。

「ううぅぅぅうっ」

またうなった。血が滝のように流れ出る。

その光景が、払っても払っても脳裡を駈けめぐる。

『お役人さまーっ』

一呼吸でも早く楽になりたい。

逃れる方途は一つしかない。

その脳裡には、二つの文字が駈けめぐっていた。

だがそれが、

――逃亡
――自殺
いずれか、玄史郎には判断がつかない。

座敷で玄史郎は中間の壱助に命じていた。

「周吉から目を離すな。些細な物音でもあれば、すぐ俺に知らせろ」

玄史郎は両方を想定している。

さらに、

「俺は、お倫さんを見張っているから」

お倫はいま、斎太郎の遺体を安置していた部屋で、瞑想のなかに身を置いている。物音一つしない。

（そなたに直截《ちょくせつ》の手は出させねえ）

玄史郎は念じている。

（お倫さん、あんたのためですぞ）

秘かにおサトのあとを尾《つ》けた職人姿の留市が梅屋に戻ってきたのは、ちょうど日の入りのときだった。

「へい。おもての大通りへ出ると北へ進み、そのまま奥州街道に歩を取りやした。最初はよたよたと足元もおぼつかねえほどの歩き方でやしたが、千住に近づくと思いを決めたのか着物の裾《すそ》をたくし上げ、速足《はやあし》になりやした」

「ほう」

玄史郎は得心したように相槌を入れた。

暇を出され、やはり足の向くのは在所の草加だったようだ。周吉があとを追ってくるのを期待しているのか、あるいは斎太郎を弔いながらまったくの一から出直すつもりなのか……。それは当人に訊かなければ分からない。

留市はつづけた。

「小塚原を通るときにゃ、へい。顔をそむけるように下を向き、なかば駆け足になっておりやした。そのまま宿場の町並みを抜け、千住大橋では橋板の騒音のなかで一度足を止めやしたが、ふり向くこともなくすたすたと渡り切りやした。渡り切ったのを確認し、急ぎ引き返してきやした」

さらにつけ加えた。

「他人《ひと》を尾けるってのは、けっこう神経を使うもんでやすねえ。近すぎても離れすぎてもいけねえ。それに始終、ふり返りゃしねえかと用心していなきゃならねえし」

「そのとおりだ。よくやってくれた」

玄史郎は初めて尾行の役務をこなした留市の労をねぎらった。

千住大橋を過ぎると、次の宿《しゅく》が草加だ。打算の働く女なら、在所に近づいて死ぬことは考えられない。引き返した留市が室町に戻るころ、おサトは草加宿に入っていることだろう。

実際、日の入りの時分、おサトは生きたまま草加宿の町並みを視界に入れていた。

高砂新道の梅屋では、留市が玄史郎におサトのようすを話し終えたとき、不意に玄関のほうがあわただしくなった。

寺に出向いていた一行が帰ってきたのだ。

夕餉のしたくはできている。六右衛門や雅恵、次男の英次郎らが一息入れてから、夕餉の膳をならべる段取りがその場で立てられた。きょうの行事はそれで終わりとなる。六右衛門も雅恵も、疲れ切った表情だった。無理もない。跡取りの予定だった惣領息子が〝毒殺〟されたのだ。取り乱さないだけでも、立派といえようか。

「さあて」

と、包丁人頭のかけ声で、膳の準備が始まった。このときはじめて仲居たちがおサトのいないのに気がついた。

「あれれ、おサトさん、どこへ？」

言ったのは寺から戻ってきたおヨシだった。

他の仲居たちは一斉に顔を見合わせた。やはり感じるものがあるのだ。

「あぁ、おサトさんね。急にきょう、暇《いとま》をとって草加に帰りました」

「えぇえ！」

女中頭の声に、仲居たちは顔を見合わせた。

それだけだった。あとは重苦しい沈黙が残った。仲居たちはいずれも、

（やむを得ないこと）

と、みょうに納得しているのだ。

「さあさあ、厨房に膳はもうできているはずですよ」

女中頭の声で、仲居たちはふたたび動きはじめた。

厨房でも話していた。

「お頭、周吉の野郎、いいんですかい。まだ寝かしていても」

周吉より年季の入っている包丁人が言った。

蒼ざめ小刻みに震える周吉を、包丁人頭が奥へ連れて行ったのは午過《ひるす》ぎである。すでにいまはそろそろ宵闇が降りようかという逢魔時になっている。夜じゃあるまいし、

（寝込むのも長すぎる）

誰もが思う。

だが包丁人頭は気を利かせたか、

「野郎はきょうは使い物にならねえ。そのまま寝かしておいてやんねえ」

玄史郎から、そうしろと言われているのだ。

「へえ」

包丁人たちもまた、みょうに納得し、ふたたび動きはじめた。

薄暗くなりかけたおもての座敷では、

「周吉の野郎、動いたのは厠《かわや》へ行くときだけでした。いまもおとなしく掻巻にくるまっていまさあ」

「よし。今宵だ」

中間姿の壱助が言ったのへ、玄史郎は返していた。

四

春嵐のころなら、ひところにくらべ日足《ひあし》は長くなっているはずだが、感覚ではまだまだ短い。

それぞれが夕餉を終えたころ、月明かりのない屋内は行灯がなければ闇となっていた。

おもての玄史郎たちに充てられている座敷も、一張《ひとはり》の行灯の灯りがある。だが浴衣が掛けられ、人影がうっすらと分かる程度に灯りは抑えられている。

さっきから留市と壱助が代わるがわる玄関から出て、外の物陰から裏の勝手口の板戸に目を張りつけている。

「――野郎、恐怖に駆られ、今宵のうちに動きだすはずだ」

玄史郎は留市と壱助に言っていた。午間《ひるま》、わざわざ中食の座で獄門首の話をしたのは、周吉を人知れず外へ狩り出すためだったのだ。

玄関はすでに雨戸を閉めているが、潜り戸《くぐど》の小桟《こざる》は降ろしていない。外からでも押せば開く。留市と壱助の出入りのためにそうしているのだ。屋内から裏手の勝手口に行き来したのでは、奉公人に気づかれる。動きは店の者にも秘さなければならない。留市と壱助が泊まり込んでいるのは、お倫への手伝いとの名目が立ち、玄史郎もお倫の知り人で、御用ではなく、初日に来たついでということになっている。

二人ともふところには、玄史郎が挟箱に用意していた房なしの十手を忍ばせている。深夜に梅屋を離れ、他の町の自身番に咎《とが》められたときの用意だ。むろん玄史郎のふところには、同心の朱房の十手がある。

宵の五ツ（およそ午後八時）時分であろうか、

「旦那。出てきやしたぜ」

外に出て勝手口を見張っていた留市が、暗い廊下から声を座敷に入れると、

待っていた玄史郎は、

「よし」

ふところの十手を腰切半纏の上から叩いて立ち上がり、中間姿の壱助も同様の仕草であとにつづき、行灯の火を吹き消した。

あとは手探りだ。

三人がそろって玄関の潜り戸を出たのは、留市が声を入れてから数呼吸と経ていない。打ち合わせは充分にできている。

繁華な日本橋に近くても、遊里ではない。宵の五ツ時分には飲食の店も暖簾を降ろし、通りには屋台の灯りがときおり見られるのみとなっている。

「あれでさあ」

人影の絶えた高砂新道から、ちょうど提灯の灯りが神田の大通りに出て角を日本橋とは逆の北へ曲がったところだ。

「灯りを持ってくれているとはありがたいなあ」

「あっしも、勝手口の板戸に灯りが射したので、すぐに分かったのでさあ」

低声《こごえ》で言う玄史郎に留市は応えた。

かろうじて二、三間（四、五米《メートル》）先の人影の輪郭が見えるばかりの月明かりはある。それでも周吉は、灯りなしで外に出るのは不安だったのだろう。人知れず提灯に火を入れ、そっと勝手口から出るのにも相当気をつかい、隙もうかがったことだろう。

三人は大通りに出た。両脇につらなる商舗《みせ》の輪郭がうっすらと闇に浮かび、通りは先の分からない暗い洞窟のように感じられる。

屋台の提灯が一つ二つと見え、そのなかに一つだけ動いている灯りがある。周吉だ。

「ここからは打ち合わせどおりに。よいな」

「へい」

「がってん」

闇のなかに、三人の息だけの声がながれた。

三人とも足音を立てず、素早い動きができるように足袋跣《たびはだし》になっている。これで三人がひとかたまりになって夜の町を走っていたなら、まるっきり盗賊の一群に見えるだろう。だが、黒い布で頰かぶりをしているのは玄史郎だけだ。小銀杏の髷を隠すためだ。

玄史郎が周吉の背後三間（およそ五米）ほどにつき、さらに二間（およそ四米）ほどうしろに留市が、また二間ほどをおいて壱助がつづいた。三人がかたまって尾けたのでは、それだけ気配を相手に感じられやすくなる。

「——昼間の人混みのなかではなあ、この配置で順番をときどき入れ替わり、相手がふり返っても気づかれないようにするものだ」

梅屋の座敷で、玄史郎は二人に言っていた。留市も壱助も、まるでこれから盗賊を尾ける岡っ引になったような気分でうなずいたものだった。

このとき、もし玄史郎が最後尾についていたなら、さらにもう一人、背後に人が尾いているのに気づいたことだろう。いま最後尾の壱助は、闇に動く留市の影を見失わないように、全神経を前方にそそいでいる。

その壱助の背後に尾いたのは、お倫だった。

寺から帰って来たときから、お倫は玄史郎の意図に気づいていた。

——外におびき出し、始末をつける
望むところである。

その思いを秘め、外の明るいうちは、斎太郎の遺体を安置していた部屋で瞑想していたが、暗くなってからはおもての座敷に陣取っている玄史郎たちの動きに気を配っていたのだ。

いま壱助の影を追うお倫は、動きの鈍る着物ではなく、薙刀《なぎなた》の稽古袴《けいこばかま》を着けている。足も草履《ぞうり》ではなく足音の立たない草鞋《わらじ》の紐をきつく結び、胸には脇差を抱いている。

その姿からも、お倫の意図は明らかだ。

（いざというときに飛び出し、この手で周吉に一太刀）

番町の岩瀬屋敷で、武家奉公のたしなみで薙刀の稽古をしている。しかもお倫は、岩瀬屋敷では随一の使い手となり、剣術のたしなみがある若党が木刀で打ちかかっても、決してひけは取らない腕に達している。それだけに、自信もあるのだろう。

周吉の足は、神田の大通りをなおも北へと向かっている。昼間がにぎやかなだけに、夜にはかえって不気味に感じられる。ところどころに見える屋台の灯りを、周吉のぶら提灯は通り過ぎていった。

気は急いでいるのか、あるいはなにかにつまずいたのか、ときおり足がもつれている。

この方向なら、すでに行く先は明らかだ。

（またかい）

玄史郎の影に尾いている留市は思った。

浅草を経てなおも北へ進めば小塚原村だ。仕置場はそこにあり、過ぎれば千住宿の町並みに入る。すなわち奥州街道を経て草加宿へ……。

しかし、

（まだ分からぬ）

玄史郎は思っている。

おサトが暇を出されたことも、まして草加宿へ向かったことも周吉は知らないはずだ。二人が示し合わせた形跡はない。ただ、行き場を失った者の足が向くのは生まれ在所……。

（周吉め、死ぬ気なら千住大橋。渡り切ったなら逃げる算段。そのときは許せぬぞ）

玄史郎は意に定めており、留市と壱助にもそれは伝えている。

（弟のため、せめて一太刀）

壱助の背後に尾くお倫も、意を決している。

それらの足は浅草を過ぎ、周囲は田畑ばかりで建物の影はなくなった。逆に人の気配は感じやすくなる。

そこを通ることは、玄史郎には予測の範囲内であり、留市と壱助に指示は出している。

玄史郎は周吉との間隔を倍ほどに開けた。つづいて留市も壱助も言われていたとおり、それに倣《なら》った。

お倫もさすが武家屋敷の腰元か、自然に壱助との間隔を開けた。周囲には闇以外のなにものもなく、かすかにでも前方の影一つさえ見えれば、それは間違いなく中間姿の壱助なのだ。

進める一歩一歩に、玄史郎は念じている。

(周吉よ、とめはせぬ。みずから処せよ)


梅屋では、包丁人たちが周吉のいなくなっていることに気づき、騒ぎになっていた。仲居たちも手燭をかざし、屋内を找《さが》した。

奥から六右衛門が出てきた。

そのまえに六右衛門も雅恵も、お倫のいなくなっていることに気づき、

「――外を找してきましょうか」

「――なあに。氷室さまがご一緒だ。案ずることはない」

弟の英次郎が心配げに言ったのへ、六右衛門は落ち着いた口調で言っていた。隠密廻り同心の氷室玄史郎が、いかなる事態にもうまく対処してくれると確信している。

雅恵も、

「――おまえの姉さんは武術の心得もあり、お中間さんも従えているから問題ありません」

言っているところへ、

「旦那さま、女将さん。周吉が」

と、女中頭と包丁人頭が手燭を手に、奥への廊下に音を立てた。

「おサトのあとを追ったのかもしれません。ここは一つ、見て見ぬふりをしてやるのも当人のためかもしれません。おまえたちも、そう心得なさい」

廊下に出た六右衛門は言った。

「そういうものか」

と、包丁人頭も女中頭も六右衛門の言葉を信じ、

「さすが旦那さまだ」

と、気を落ち着け、手燭を持って騒いでいる包丁人や仲居たちを、それぞれ

の部屋へ戻した。

五

すぐ近くで樹々がざわめいている。昼間なら街道の左手に樹林群が迫り、広びろとした右手には田植えにそなえ、鋤《すき》を振り乾田返《かんでんがえ》しに精を出している百姓衆の姿が見えるだろう。

夜風はわずかだが、樹林群のざわめきが、ただでさえかすかなそれぞれの足音をかき消している。

玄史郎はわずかに周吉との間隔を縮めた。

それは留市にも壱助にも伝播《でんぱ》し、さらにお倫にまで伝わった。

周吉の足はすでに、街道に張りついている小塚原村の集落に入っている。明かりはない。どの百姓家も寝静まっている。そのたたずまいが、人の気配をいくらか消してくれる。

集落を抜ければ、街道は小塚原に入る。片方が仕置場になっており、その向かいに数軒の家が軒をならべている。いずれも鬘屋《かつらや》だ。目の前の仕置場から、処刑のあるたびに無料《ただ》で人の髪の毛が手に入るのだ。

この時刻、それらの商舗《みせ》にも灯りはない。

周吉の持つぶら提灯の灯りが、それら商舗の前に揺れている。

周吉の影は、その両方から顔をそむけるように下を向き、小走りになった。

昼間、おサトが見せた所作とおなじだ。周吉の脳裡にはなおさら、玄史郎の語った磔《はりつけ》刑の場が渦巻いているのだろう。あるいは、獄門台に掛けられた、おのれの首を見たのかもしれない。

周吉の逃げるような足は、千住宿の町並みに入るまでとまらなかった。雨戸を閉ざした旅籠や茶店のならぶ通りで、ようやくその動きはとまり、ふたたびさっきまでの、ときおりもつれる、ゆっくりとした足取りに戻った。

水の流れの音が聞こえてきた。大川（隅田川）だ。そこに架かる千住大橋も、昼間なら日本橋や京橋と同様、水音は下駄や大八車の響きにかき消されているが、いまは水音しか聞こえない。

昼間はおサトがこの六十六間（およそ百二十米）の橋を渡り切るのを確認し、留市は橋のなかほどできびすを返し引き返した。

（周吉よ、おめえはどうする）

玄史郎は胸中に、橋板を踏んだ周吉の影へ問いかけた。

幅四間（およそ七米）の橋の隅に、周吉は歩を踏んでいる。欄干《らんかん》に着物が触れるほどだ。

とまった。

玄史郎は身をかがめ、欄干に肩を寄せた。周吉がふり返っても、五、六間も離れた欄干に、人がうずくまっているのに気がつかないだろう。留市たちはまだ橋板を踏んでいない。

灯りを持った周吉は欄干に手をかけ、水音を頼りに暗くて見えない川面に視線を落としている。

（迷っている）

その所作から、玄史郎は感じ取った。

ふたたび歩を踏みはじめた。

足元がふらつき、提灯の灯りが不規則に揺らいでいる。

飛び込む場を求めているのか。

（少しでも在所の草加に近いところで……）

周吉は思ったのかもしれない。

玄史郎は欄干より低く身をかがめ、周吉に歩を合わせた。

留市たちもすでに橋板を踏んでいる。お倫にいたるまで、欄干に身を寄せ腰をかがめている。それらの気配を、水の音が消している。

とまった。橋の中ほどだ。

多少は泳げても、水練に覚えのない者が流れに飛び込めば、袂《たもと》やふところに石を入れていなくても助からないだろう。

周吉はまた欄干に手をかけた。

凝《じ》っと、川面に視線をながしている。

風が吹いた。周吉の手にある灯りが揺れる。

身をかがめ、固唾を呑む玄史郎にも、水音がしだいに大きくなっていくのが感じられてくる。

みずからを処するのか、おサトとおなじように橋を渡り切るのか、提灯の灯りに見える所作からは即断できない。

（まだ迷っているのか）

思ったとき、

「ん？」

身をかがめたまま玄史郎はうしろを振り返った。

闇のなかに、音はないもののけたたましい気配だ。

壱助がまず驚き、

「あぁぁ」

声を上げ、さらに留市も、

「えっ。お倫さん⁉」

それは玄史郎も、ほとんど同時に感じた。

お倫からも灯りを持った周吉の姿は見えていた。

お倫にとって欄干に手をかけるその姿は、最後の機会だった。飛び込まれては弟の無念は晴らせない。この瞬時のために脇差を抱え、稽古袴をつけ筒袖《つつそで》の稽古着を着て来たのだ。そのいで立ちで最後尾から身を起こすなり、前面に向かい疾走した。しかも脇差を抜きながらである。

留市と壱助は身を起こし、ただ茫然とお倫の走り去った風を受け、

「お倫さん！」

玄史郎が声を出したのは、お倫の身が提灯の灯りに向かい横をかすめたときだった。

「ならん！」

橋板を蹴り、ふところの十手を取り出したときには、

「おおぉぉぉ」

驚き、ふり向いた周吉の胴を脇差の切っ先が薙《な》いでいた。

お倫は数歩、走り抜け、たたらを踏んでとまるなりふり返り、抜身《ぬきみ》を手にしたまま、駈け寄った玄史郎に向かい片膝を橋板についた。

周吉は驚愕の声とともに提灯を放り投げ、上体は欄干にもたれかかり、そのまま落ちていく灯りを追うように川面に落下した。

――ズボッ
水の流れの音にほんの一瞬、異なる水音が聞こえた。

「これはいったい！」

「わしらに尾いていなさったかっ」

ようやく駈け寄った留市と壱助に、玄史郎の差配は迅速だった。

「留市、壱助！　下へ降りて手拭を濡らし、血の痕《あと》を拭き取るのだっ」

「へいっ」

「がってん」

二人は橋のたもとに駈け戻り、淡い月明かりを頼りに、

「おい、足をすべらせるな」

「おぉう。ここに岩場があるぞ」

互いに声をかけ合いながら岸辺に下りた。

橋の上では、片膝をついたままお倫が抜身の刃《やいば》を鞘《さや》に収め、

「お許しを」

頭を下げた。

その所作は大店《おおだな》とはいえ町場の娘とは思えない。

(武家の発想に従《したご》うたか)

玄史郎は解し、

「お見事と言うほかはない。さ、手を上げられよ」

「あい」

お倫はまだ片膝を橋板についている。

「室町から、ずっと尾けておいでだったか」

「はい。悪いとは思いながらも……」

互いに町場の言葉ではなくなっている。

「強烈な一太刀なれば、その衝撃で周吉は、水音よりも早く心ノ臓がとまっていたかもしれぬ」

「それを望みまする」

話しているところへ、橋板に人の走る気配が伝わった。

「へへ。夜の川面は冷とうござんしたぜ」

「足まで濡れちまいやした」

留市の声に壱助の声が重なった。水音はなにごともなかったようにつづいている。

「さあ、血の痕を找せ」

二人は欄干にも橋板にも顔を近づけ、黒く見える血痕を拭きはじめた。

お倫はようやく腰を上げ、

「お二人とも、お手数をかけまする」

「なあに。それにしても驚きやしたぜ」

「さすがはお屋敷随一の薙刀の使い手でさあ」

さほど飛び散ってはいなかった。

玄史郎も欄干や橋板に目を近づけ、

「よし、戻るぞ」

およそ拭き取ったのを確認すると、四人は来た道を返した。

「今宵は千住泊まりだ」

と、玄史郎は大橋に一番近い旅籠《はたご》の前でとまり、雨戸を叩いた。

何回目かにようやく中に人の迷惑そうに動く気配があり、

「御用の筋だ」

この一言は効く。

すこし開いた潜り戸のすき間に十手を差し入れると、

「は、はい。すぐに」

番頭だった。腰を低くして四人を迎え入れた。

それらしい身なりの者がいないことに番頭は怪訝《けげん》な表情になったが、職人姿の持つ朱房の十手に、さらにもう一人の職人姿と中間姿がふところから房なしの十手を取り出したのでは、

(なにやら重大な変装のご一行)

番頭はすぐに仲居を呼んで部屋の用意をさせた。

「へへえ。十手というものは効くもんでござんすねえ」

と、部屋でくつろいでから行灯の灯りに留市が十手をかざし、感心したように言っていた。

翌朝である。

まだ明けきらないうちに、留市と壱助は濡れ手拭を持って外に出た。昨夜、玄史郎が大橋に近い旅籠の雨戸を叩いたのはこのためだった。

千住大橋を北へ渡ったところに、川魚の魚河岸がある。そこに出入りする大八車や棒手振《ぼてふり》たちよりも早く、橋に行かねばならない。淡い月明かりでは、完全に血痕は拭き切れていないだろう。見落としがあるかもしれない。

橋の中ほどに立ったとき、ようやくあたりが見えはじめた。まだ他人《ひと》は出ていない。

やはり、あった。欄干に二か所、橋板にも一か所、いずれも拭いてはいたが拭き切れてはいなかった。夜と違って一呼吸ごとに明るさが増してくる。棒手振が一人通りかかり、さらに大八車が朝靄《あさもや》のなかに今朝一番の響きを立てた。留市が酔っているのを、壱助が介抱しているふうを装った。

すっかり明るくなり、そろそろ日の出を迎えようか。すでに魚河岸に出入りする者が幾組か通り、北へ向かう旅姿の者も通りはじめた。

「さあ、もう大丈夫だ」

「お倫さんのあの早業、明るいところで見たかったぜ」

「そうよ。大したものだった」

言いながら帰ったころ、旅籠の玄関は旅立ちの者に見送りの女中たちで朝のにぎわいを見せていた。

心配なのか、玄史郎も一人でふらりと大橋に足を運んだ。橋はすでに騒音のなかである。そこには水の流れのように、昨夜を物語る痕跡はなにも残されていなかった。


四人が旅籠を出たのは、太陽が昇ってからだった。

ふたたび仕置場の前である。お倫はまた、

「わたくしの身勝手から、ほんとお手数をかけてしまいました」

旅籠でも言った言葉を、あらためてくり返した。

「へん、周吉さ。あそこにさらされるよりはましだぜ」

留市が言った。竹矢来のすぐ向こうに、獄門台が見える。東海道の鈴ケ森もそうだが、わざと街道から見えるところにそれらは設けられている。諸人《もろびと》への戒《いまし》めの意味があるのだ。

仕置場の前も過ぎ、小塚原村の集落も抜けた。右にも左にも、乾田返しの百姓衆が出ている。江戸の町並みはもう目の前だ。

歩を進めながら玄史郎は言った。

「お倫さん。そなたには負けましたよ」

「あい」

お倫は小さくうなずいた。

実際、玄史郎はお倫に負けていた。

あのとき、止めようとすれば止められていた。

しかし橋の上での、お倫のあの気迫……それに玄史郎は圧倒されたのだ。そこに見たのは、決して梅屋の惣領娘のお倫ではなかった。岩瀬屋敷での九年に及ぶ奉公で、武家の作法と発想までをも身に染みわたらせた女の姿だった。

(人に刃物で斬りつけたこと……負い目にはならない。むしろ名誉……)

玄史郎は確信した。

だが、疑問が一つ残った。周吉は橋の上で確かに迷っていた。お倫の一撃がなければ、果たして水面に身を投げていたろうか、それとも逃げる道を選んだろうか……。

考えても詮無《せんな》いことだ。もし橋を渡り切ったなら、——おもてには出さず、何事もなかったがごとく玄史郎が斬っていたのだ。

稽古袴に職人姿と中間姿の四人の足は、江戸の町並みに入った。

「わたくしはこのことを早く、両親に話さねばなりませぬゆえ」

と、お倫は室町に向かい、中間姿の壱助がお供としてつき添ったが、玄史郎と留市は神田鍛冶町の岩瀬氏紀の隠宅へ歩をとった。もとはと言えば、この事件の解決に氏紀が玄史郎を指名したのだ。指名というよりも、隠居とはいえ玄史郎にとっては下命に近い。結末を報告しなければならない。氏紀への報告をすませて、それで一件落着となるのだ。

六

玄史郎と留市が隠宅の冠木門を入ったのは、ゆっくりとした足取りだったため、すでに太陽が中天を過ぎた時分になっていた。

氏紀がちょうど午後の散歩に出ようとしていたときだった。冠木門を入って来た二人を見るなり、手にしたばかりの杖を老僕の茂平に渡し、

「おぉ、終わったようじゃな。して、いかように幕を引いたかな」

言いながら氏紀は居間に戻った。

三人が座につくなり、

「へへ、御前。おもしろうござんしたぜ」

留市が話しはじめた。

氏紀は胡坐居《あぐらい》になって脇息に身をゆだねているが、玄史郎は端座し、留市も窮屈そうに端座の姿勢をとっている。

その姿勢で留市はつづけ、使う場面はなかったが、

「氷室の旦那に、こんなのまで持たせてもらいやしてねえ」

と、腰切半纏の三尺帯にはさんでいた十手を取り出した。

「ほぉう、そうかそうか」

と、氏紀は満足げに聞いている。

「なにしろ毒殺がからんだ事件でござんしょう」

留市はなおも喋りつづけたが、周吉が若旦那の斎太郎を殺害するに至った動

機についてては、

「おサトという仲居と、おなじ国者で……」

と、玄史郎が説明した。

これには氏紀は深刻な表情になり、

「周吉なる包丁人の短慮が、悲劇を呼んだことになろうが……」

と言ったのみで、隠居の身で梅屋の内所に口をはさむのは控えた。

だが、お倫のとった行動には、

「あやつならやりそうなことだ。それにしても思い切ったものじゃのう」

と、肯是《こうぜ》する言葉を舌頭に乗せた。

座には、玄史郎が殺しの動機を語ったときよりも深刻な空気がながれた。

その空気を吹き飛ばすように、

「とまあそういうわけで、千住大橋には染み一つ残さずに帰《けえ》ってめえりやしたですよ、へえ」

留市が言ったのへ、

「ふむ。それでよい。それでこそ隠密廻りとその手下《てか》の者どもと言える。氷室玄史郎」

「はっ」

「儂が言う筋合いではないが」

氏紀は前置きし、

「その方の此度《こたび》の裁許、見事であった」

「はーっ」

「留市」

「へえ」

「おまえも壱助ともどもよう働いた」

「うへー」

留市は恐縮したように頭をかいた。これまで隠宅の繕《つくろ》い普請《ぶしん》で褒められたことは幾度もあるが、捕物もどきの働きはこれが初めてであり、それを褒められたのでは、嬉しさがくすぐったく込み上げてくる。

「ところで玄史郎」

「はっ」

不意に氏紀は脇息から身を起こし、玄史郎に真剣な眼差しを向けた。

玄史郎もなにごとといった眼差しでその視線を受けた。

氏紀は玄史郎と留市を交互に見つめ、

「余の儀ではないが、玄史郎。この留市に手札《てふだ》を一筆認《したた》めてやらぬか」

「えっ」

突然のことに玄史郎は面喰らった表情になり、留市にいたっては鳩に豆鉄砲だった。

「手札？　なんですかい、それは」

問いを入れた。

「つまりだ、俺の岡っ引になれってえことだ」

「えぇえ！　あ、あっしがいつぞやの赤坂の弥八どんみてえに、八丁堀の旦那の岡っ引にですかい」

横に座っている玄史郎から目を向けられ、留市は驚きながらも嬉しそうな声を上げた。

「そうだ」

玄史郎は返したが、まだ承知したわけではない。躊躇《ちゅうちょ》の念がある。

岡っ引などという職種は、もっとも職種といえるかどうかも分からないが、およそおとなしいまじめな人間がやるものではない。他人《ひと》の裏を嗅ぎまわる仕事であれば、世の裏や悪党どもの考えそうなことに精通していなければ務まらない。

だから岡っ引とは、一度お縄になって小伝馬町の牢に入れられ、そこで同心から〝こやつ、使えそうだ〟と見込まれ、

「——どうだ。おめえ、俺の目や耳にならねえか」

と、持ちかけられ、

「——へえ旦那。願ってもねえことで」

と、簡単にかどうかは分からないが、承知して娑婆《しゃば》に出て悪の臭いを嗅ぎまわり、ときには古巣を暴くことにも奔走している面々のことである。

もちろん奉行所の正規の職種ではない。あくまでも同心へ私的に従属するもので、給金などはない。

義兄の小谷健一郎が以前、玄史郎に言ったことがある。

「——出していないわけじゃないが。そうだなあ、半季で二朱もやっているかなあ」

玄史郎も定町廻りの時代には、それらしいのは数人抱えていた。だが、

——この者、当方の存じ寄りにつき

と、自分の分身を証明するような手札は渡さなかった。そのつど、与太に探索の便宜から小遣いを与え、話を聞く程度だった。

手札を持たせると、さまざまな弊害も生じるからだ。

商家の下働きの女でも、給金は衣食住がついて半季で二両二分から三両くらいは取っている。一両が四分で、一分が四朱である。ということは、同心が岡っ引に渡す手当は年に一分ということになる。下女の手当てにくらべても話にならないほど低い。

さらに言えば、長屋住まいの大工の一月《ひとつき》の稼ぎは二両くらいで、兄貴格の役付きなら三両も稼ごうか。建具師の留市だって、まじめに働けばこのくらいは稼ぐ。つまり同心が岡っ引に出す給金は、一年分が大工の一日分とおなじくらいということだ。

だが、同心の手札をふところにしていると、余禄があって腕扱《うでこ》きの岡っ引なら子分の下っ引を二、三人も従え、〝親分〟などと称《よ》ばれたりしている。虎の威を借る狐か、芝居や見世物など興行の小屋や内会《ないがい》の賭場を開いている所へふらっと顔を出せば、

「これは親分さん。お茶でも一杯」

と、袖の下に一朱や二朱のおひねりがぽろりと入る。

私娼のにおいでも嗅ぎつけ、そこへぶらりと出向けば、さらに多くの袖の下が入る。

そのような胡散臭いところでなくても、町場の商家の暖簾をさりげなくくぐり、

「近ごろ、困ったことはないかい」

などと店場の板の間に腰をかければ、やはりお茶と一緒におひねりがそっと包まれる。商舗《みせ》にすれば、岡っ引に長居をされたのでは商いに差し障る。早々にご退散を願う追い出し料だ。

つまり、悪への探索はするが町の嫌われ者ともなる。

もちろん、岡っ引がすべてそうだというわけではない。しかし、手札をもらった当初は熱心に同心の目となり耳となっていても、やがて欲を出し、同心の差配がなくても積極的に〝見まわり〟に出て、つい道を踏みはずす者もいる。これがけっこう多い。

玄史郎にも苦い経験がある。定町廻り同心のときだった。手札を与えていた岡っ引が私娼窟を嗅ぎつけ、ときどき出入りしているうちに、自分がそこの影

のあるじに収まっていたのだ。

玄史郎はそれがおもてになる前に、秘かに江戸所払いにした。元岡っ引が小伝馬町の牢に入れば、身分は隠していても、牢内にはその岡っ引に恨みを持つ者がいるものだ。身分はすぐにばれ、牢内で虐《いじ》め抜かれ、命は数日と持たないだろう。

秘かに江戸所払いにしたのは、せめてもの温情だった。玄史郎が特定の岡っ引を持たなくなったのはそれからである。

だが、探索の必要から、

（やはり、いたほうがいいかなあ）

と、思うことはよくある。〝神隠し〟の一件のときも、さらにこたびの梅屋の殺しをおもてに出さず処理できたのも、氏紀の差配で留市と壱助が手下《てか》についてくれたからだ。

氏紀は元南町奉行であっただけに、毒を制するには毒を以《もっ》てか岡っ引の便利さも知っておれば、その弊害も熟知している。

その上で氏紀は留市に、〝手札を一筆書いてやれ〟と推挙しているのだ。留市なら、

「少々、無鉄砲なところはあるがなあ」

と、視線を向けた。

「へへへ」

留市はその視線に照れ笑いを返した。ずっと以前の、大通りでの一件を氏紀が思い起こしているのに気づいたのだ。なにぶん、氏紀が三人組の与太にからまれているのを見て助けようと飛び出し、逆に氏紀に助けられたのだ。

以来、

「――おまえの正義感は褒めてやるぞ」

氏紀はよく言っていた。そのたびに留市は照れたものだった。

（こやつなら手札を得ても、道を踏みはずすことはない）

氏紀は確信している。

話しているところへ、

「お倫さん、無事に室町の梅屋へ帰りました」

と、中間の壱助が帰ってきた。気を利かし、梅屋に置いていた玄史郎の挟箱を担いできた。中間姿に挟箱はぴたりと合っている。刀の大小も小脇に抱えている。

挟箱には捕物道具のほかに、同心の衣装も入っている。

玄史郎は別間で腰切半纏から着流しの黒羽織に着替えた。

(ようやく梅屋の一件が終わった)

思いが込み上げてくる。

大小を帯びた姿で挟箱は担げない。八丁堀へ戻るのに、留市か壱助がお供をしなければならない。

「あっしが」

と、留市が挟箱を担いだ。

と言っても、玄史郎が手札を認めるのを承知したわけではない。

(それが果たして留市のためになるのか)

まだ躊躇の念がある。

挟箱を担いだ留市をお供に、玄史郎は無言だった。留市も黙々と随った。

騒音の日本橋を過ぎた。

八丁堀は近い。

「留市」

「へえ」

半歩ほど斜めうしろについている留市に、玄史郎は首をまわした。

「おめえなあ、小さな野博打は見逃してやってもいいが、てめえが打つことはならねえぜ」

「へ、へえ」

留市は神妙に返した。

だがこの日、玄史郎は吾兵衛にもおクマにも、

『硯《すずり》と筆を用意しろ』

との声をかけることはなかった。

留市は挟箱持のお供だけで、神田鍛冶町には手ぶらで帰った。

その日ではないが、玄史郎は小谷健一郎の組屋敷にも相談に行った。

姉の千鶴などは、なにやら玄史郎が相談に来たというので、

（スワ、お倫さんのこと！）

と早合点し、勇み立ったものである。

ところが内容が、

「弥八をどのように制御していますか」

などだったものだからがっかりの揚句、出そうとしていた茶菓子を自分で食

べてしまった。

玄史郎が吾兵衛に半紙と硯を用意させ、書いたものを紙入れに挟み鍛冶町の隠宅に向かったのは、紀江の計らいで初七日まで実家の梅屋に留まっていたお倫が、番町の岩瀬屋敷に戻った翌日だった。

事前に吾兵衛を知らせに走らせていたから、留市は隠宅に来て待っていた。

氏紀も満足そうだった。

言った。

「奉行の筒井政憲どのには、儂《わし》からよしなに言っておこう。隠密廻りの仕事は少なくないぞ。找さなくともな、わが姉上の紀江どのがいっぱい持って来てくれるからなあ」

「へへ。あのお方は武家の揉め事ばかりじゃなく、あっしにまでこちらの戸の具合をなおせ、そこの棚をもっと形よくせよなどと、いつもお命じになりやすからねえ」

留市が愉快そうに嘴《くち》を入れた。

「ほう、そんなに」

言っているところへ、矢羽根模様の着物を着たお倫が冠木門を小走りに駆け込んできた。

「ご隠居さま。お姉上さまのお駕籠がそこまで」

先触《さきぶ》れのように知らせに来た。

「えっ」

氏紀は緊張した。

「それではご隠居。私はこれにて」

腰を上げ部屋を出ようとする玄史郎に氏紀は、

「待て、待て。儂も行くぞ」

脇息を倒し、立ち上がった。

「ご隠居さまっ」

お倫が氏紀の前に立ちはだかった。

玄史郎が隠宅の冠木門を走り出たとき、女乗物の一行はまだ見えなかった。

「旦那ァ。あっしも」

留市も退散してきたようだ。

「あれあれ、玄史郎さまァ。留さんもぉ」

お倫の声が二人の背を追った。その声に、玄史郎は感じた。

(お倫さん。向後は会う機会が増えそうですなあ)

思いながら、なおも走ろうとした。

が、

「おっ」

停まった。角を曲がったばかりの、女乗物の一行が目に入ったのだ。

うしろから、お倫の声が重なった。

「中間の挟箱にぃ、加賀さまの墨型落雁《らくがん》が入っておりまするぅ」

「えっ」

玄史郎は冠木門を背に、駕籠の一行を迎える姿勢になった。

「旦那ァ」

追って来た留市がぶつかりそうになった。

お倫は早くも玄史郎の釣り方を覚《さと》ったようだ。

女難《じょなん》の二人《ふたり》　隠密廻《おんみつまわ》り裏御用《うらごよう》

喜安《きやす》　幸夫《ゆきお》

学研M文庫

2013年6月25日　初版発行

●

発行人———脇谷典利

発行所———株式会社　学研パブリッシング

〒141-8412　東京都品川区西五反田2-11-8

発売元———株式会社　学研マーケティング

〒141-8415　東京都品川区西五反田2-11-8

印刷・製本—中央精版印刷株式会社

き-10-18